KB114517

FUSION FANTASTIC STORY

김대산 장편소설

완빤치

완빤치 3

김대산 장편소설

초판 1쇄 찍은 날 § 2016년 6월 21일
초판 1쇄 펴낸 날 § 2016년 6월 28일

지은이 § 김대산
펴낸이 § 서경석

편집책임 § 고승진

펴낸곳 § 도서출판 청어람
등록번호 § 제387-1999-000006호
등록일자 § 1999. 5. 31
어람번호 § 제1-2465호

주소 § 경기도 부천시 원미구 부일로 483번길 40 서경B/D 3F (우) 14640
전화 § 032-656-4452 팩스 § 032-656-4453
http://www.chungeoram.com
E-mail § chungeorambook@daum.net

ISBN 979-11-04-90859-0 04810
ISBN 979-11-04-90822-4 (세트)

FUSION FANTASTIC STORY

김대산 장편소설

완빤치

3

도서출판 청어람

완벽한 빤치

CONTENTS

제12장
비열한 거리

정면 돌파

아침 8시, 철민이 이제 막 잠자리에서 일어났는데, 휴대폰이 울린다.

"대표님! 어떤 놈들인지 알아냈습니다!"

한상운이다.

철민은 씻는 둥 마는 둥 하고 급히 사무실로 출근을 한다.

"주변 일대를 탐문하던 중 그놈들의 꼬리를 잡을 수 있었습니다. 놈들은, 근방에서 소위 좀 논다는 애들 사이에서 제법 유명세를 타고 있는 것 같습니다. 그리고 놈들에 대해 좀 더 자세한 정보가 있을까 싶어서 경찰 쪽으로도 좀 알아보았는데, 아! 제가 마침 이쪽에 아는 형사가 한 사람 있어서요. 알고 보니 그놈들 보통내기들이 아니던데요?"

한상운이 단 하루 만에, 그것도 경찰 쪽 인맥까지 동원해서 놈들의 정체와 자세한 정보를 얻어냈다니, 참으로 용하다 싶다. 그러나 철민은 그런데 대한 감탄보다는 '보통내기들이 아니다'는 말에 대한 궁금증이 컸다.

그러나 막상 재촉한 건 육 소장이다.

"그래, 도대체 어떤 놈들이던가?"

"나이는 열아홉에서 스물밖에 안 되는데, 전과들이 아주 화려하다 못해 놀라울 정도입니다. 절도와 사기에, 폭행과 강간까지! 소년원서부터 쌓인 전과가 놈들의 나이만큼이나 많습니다."

"허!"

육 소장이 감탄인지 탄식인지 모를 소리를 뱉으며 철민을 바라본다.

"그렇게 막가는 놈들이라면 우리가 뭘 어떻게 해볼 수도 없는 노릇이니, 이제 경찰에 신고하는 수밖에 없지 않겠습니까?"

맞는 말이다. 그러나 철민은 일단 고개를 젓는다. 육 소장의 말이 옳다고 하더라도, 경찰에 신고하는 것만으로 손을 놓아버릴 수는 없다는 생각이다. 지금 이 순간에도 어떤 위험에 처해 있을지 모를 소영이를 위해, 무언가 또 다른 방법을 고민해 봐야만 한다는 생각이었다.

철민은 묵묵히 한상운에게로 시선을 고정시킨다. 그라면 무슨 방법을 제시해 줄 수 있을 것 같다는 기대가 다시금 불쑥 생긴다.

한상운은 잠깐 생각을 정리하는 듯하더니 침착하게 입을 열었다.

"경찰이 나선다고 해도, 당장 소영이를 구해내기는 어려울 것 같습니다."

육 소장이 고개를 갸웃한다.

"그게 무슨 소린가? 그놈들이 소영이를 납치해 갔다는 녹화 영상이 있으니, 경찰에서 당장에 놈들을 잡아다 족치고, 소영이를 구해내면 될 것 아닌가?"

"말씀드렸다시피 보통 놈들이 아닙니다. 경찰을 겁낼 놈들이 아니라는 겁니다. 경찰이 곧장 조사에 들어가고, 설령 체포를 한다고 하더라도 쉽게 죄를 인정하지는 않을 겁니다. 이를테면, 녹화 영상에도 불구하고 놈들이 소영이를 폭행하고 데려간 데까지만 인정하고, 그 뒤엔 모르겠다고 끝까지 잡아뗀

다면 경찰로서도 놈들을 오래 잡아두고 있을 수가 없게 됩니다. 더욱이 그렇게 놈들이 풀려나면 소영이가 더욱 위험한 상황으로 몰릴 수도 있습니다. 앞뒤 가리지 않는 놈들이니, 일단 감정이 뒤틀린 상태라 또 무슨 짓을 저지를지 예측할 수 없으니까요."

"으… 음!"

육 소장이 신음처럼 무거운 소리를 흘리고 만다.

한상운의 말에 충분히 설득력이 있었다. 철민이 무거운 마음으로 한상운에게 묻는다.

"경찰에 신고하는 것 말고 우리가 뭘 또 할 수 있을까요?"

한상운은 선뜻 대답을 내놓지 않는다. 그가 잠시 생각을 가다듬는 기색일 때, 강혁수가 불쑥 말을 꺼냈다.

"차라리 정면 돌파를 하죠?"

모두의 시선이 강혁수에게로 모인다.

"이런저런 고민만 하고 있을 게 아니라, 우리가 직접 놈들을 찾아내서 깨버리자는 겁니다. 놈들이 감히 다른 생각을 하지 못하도록 확실하게 박살을 내고, 소영이를 구해오자는 겁니다!"

강혁수가 불끈 주먹을 쥐어 보였다.

비열한 거리

그 피시방은 허름한 5층짜리 건물의 2층에 있다.

피시방의 출입문은 짙은 필름으로 처리되어 있어서, 안이 잘 보이지 않는다.

문을 열고 안으로 들어서자, 매캐한 냄새를 풍기는 뿌연 담배 연기가 빽빽이 공간을 떠돌고 있다.

어두운 조명 속에서 수십 개의 컴퓨터 화면이 바쁘게 빛을 뿜어내고 있다.

화면들 앞에는 제각기 헤드폰을 낀 군상이 앉아 각종의 게임에 빠져 있다.

그들 주변으로는 빈 음식 그릇이며 빵 부스러기, 음료수 캔이 아무렇게나 놓여 있었다.

한상운이 한곳을 바라보며 눈짓한다. 앉은 키가 크지는 않고 조금 마른 듯한 청년이었다. 미리 나이를 알고 있지 않았으면 청소년으로 여겼을 수도 있겠다 싶다.

한상운이 미리 언급한 바에 따르면, 일명 '깡주'라고 불리는 녀석이었다. 나이는 스무 살! 근방에서 거리의 아이들로 이루어진 한 패거리의 우두머리 노릇을 한다고 했다.

우두~ 둑!

강혁수가 손마디를 깍지 껴서 풀고는 곧장 깡주 쪽을 향해 간다. 그러나 철민이 나직이 만류한다.

"잠깐만요! 우선 얘기부터 한번 시켜보도록 하죠!"

강혁수가 멈칫 서더니, 다시 되돌아온다.

철민은 설핏 당혹스럽다. 자신의 말에 강혁수가 즉시 반응하여 되돌아온 것도 그렇지만, 그때 한상운 역시 그에게로 시선을 준 채 딱히 다음의 어떤 액션을 취할 기색이 아니었던 것이다. 마치 방금 전의 만류를, 철민 자신이 앞장서겠다는 뜻으로 오해한 것으로 보인다. 그는 그런 뜻이 전혀 아니었는데 말이다.

그러나 이미 그런 분위기가 된 듯해서 철민으로서는 굳이 아니라고 해명하기도 어색했다.

"네가 깡주냐?"

철민이 말을 건넸다.

깡주가 힐끗 돌아본다. 그러나 녀석은 시큰둥한 표정을 짓더니 곧장 다시 게임이 진행되고 있는 화면으로 시선을 고정시킨다.

"소영이 알지?"

그 물음에 깡주는 다시금 철민을 돌아본다. 그런 녀석의 눈빛이 날카롭게 번뜩인다.

철민은 저도 모르게 위축되고 말았다. 올해 갓 스무 살! 녀석의 얼굴에는 아직도 여드름 자국처럼 보이는 앳된 구석이 남아 있다. 체구도 상대적으로 왜소하다. 그러나 겉보기와는 전혀 다른 면모를 지닌 녀석이다. 화려하다 할 만큼의 갖가지 '별'을 훈장처럼 달고 있는 것이다.

한상운을 통해 들은 얘기들이 새삼 철민을 긴장시킨다.

녀석은 거리의 아이들 사이에서 폭군으로 군림하고 있단다. 자신을 거역하는 애들에게는 거침없이 잔혹한 응징을 가한단다. 그럼으로써 스스로에게 공포를 덧씌우고, 그것을 무기로 거리의 아이들을 장악하고 있단다.

깡주의 시선이 다시 화면으로 돌아간다.

철민이 긴장을 추스를 때였다. 깡주가 앉은 채로 의자를 빙그르르 돌린다. 그리고 빤히 철민을 올려다보며 뱉는다.

"나, 깡주 아니거든? 나, 소영인지 뭔지 모르거든? 됐지? 됐으면 시끄러우니까 그만 가보세요! 예? 시끄러워서 게임을 못 하겠잖아?"

차갑게 쏘아보는 눈빛! 앳된 듯하면서도, 아무런 감정도 녹아 있지 않은 듯 건조한 목소리! 그것만으로도 녀석은 다시 확 달라 보인다. 철민은 이제야 실감이 되는 듯했다. 녀석의 위험성에 대해!

철민은 아랫배에다 지그시 힘을 준다.

"우리 잠깐 나가서 얘기 좀 할까?"

"내가 왜? 나, 당신 모른다고 했잖아? 알지도 못하는 사람하고 뭔 얘기를 해? 그리고 나 바쁜 사람이야! 지금 게임하고 있는 거 안 보여?"

"나, 소영이 오빠 되는 사람이야!"

녀석이 '피식!' 웃음을 떠올린다. 그러고는 혼잣말처럼 나직이 뱉는다.

"니미! 오빠는 무슨……? 아주 개나 소나 다 오빠지?"

철민이 애써 차분함을 유지하며 다시 말을 잇는다.

"얼마 전에 너희들이 낙원상가에서 소영이 데려가는 거, CCTV에 다 찍혔다!"

"그래서? 니미! 그래서 뭐 어쩌라구?"

녀석이 확 거칠어진다.

한 걸음 뒤에 서 있던 강혁수가 성큼 철민의 곁으로 나선다.

철민은 외려 한 발 물러선다. 이쯤 되면 강혁수에게 맡기는 수밖에 없다. 처음부터 그게 맞았는데, 그가 괜히 간섭한 게 되고 말았다.

깡주가 재빨리 강혁수의 위아래를 훑어본다. 그러고는 이내 한풀 꺾인 듯 슬쩍 던진다.

"무슨 얘기인지는 모르겠지만, 잠깐 들어줄 수는 있어! 대신

시급은 제대로 쳐줘야 돼?"

강혁수가 힐끗 철민에게 시선을 준다.

'어떻게 할까요?'

하고 묻는 것 같아, 철민은 내키지 않았지만 다시 개입한다.

"시급? 얼마나 쳐주면 되지?"

철민의 물음에 깡주가 싱긋 웃음기를 떠올린다. 그러고는 손가락 하나를 펴 보인다.

"내가 좀 비싸! 5분당 만 원!"

철민은 두말없이 고개를 끄덕였다.

깡주가 고개를 한번 꺾더니 짧게 덧붙인다.

"선불!"

그에 철민은 순순히 주머니에서 지갑을 꺼낸다.

깡주가 흘깃 지갑을 훔쳐보는 걸 느끼면서, 철민은 천천히 지갑을 뒤져 10만 원짜리 수표를 한 장 꺼내 녀석에게 건넨다.

"아저씨, 돈 많은가 봐?"

녀석이 묘한 웃음을 짓는다. 입은 웃는데 눈은 여전히 차갑게 고정되어 있었다.

"좋아! 돈을 받았으니 돈값은 해야지? 자! 나갑시다!"

녀석이 선뜻 자리에서 일어선다.

피시방을 나온 깡주는 철민 일행에게 따라오라는 고갯짓을 가볍게 해 보이고는 곧장 3층으로 향하는 계단을 올라간다.

그런데 3층에서 녀석은 다시 4층으로 올라갔고, 내쳐 5층을 거쳐 곧장 건물의 옥상으로 나간다.

철민은 영 찜찜하지만, 성큼성큼 걷는 강혁수와 한상운의 뒤를 따를 수밖에 없었다.

옥상의 한가운데서 커다란 물탱크를 등지고 선 깡주가 비릿한 느낌으로 웃는다. 그리고 툴툴거리며 뱉는다.

"어이, 형씨들! 이건 뭐… 겁이 없는 건지, 눈치가 없는 건지……! 여기가 어딘 줄 알고 함부로들 따라오시나?"

깡주의 시선이 자신의 어깨너머로 향하는 것을 보고 철민이 뒤를 돌아본다.

일단의 무리가 우르르 옥상으로 들어섰다. 10여 명은 돼 보인다. 청바지와 쫄바지, 그리고 야상과 패딩 차림이었다. 덩치가 큰 녀석도 있지만, 대개는 앳된 10대로 보인다.

쿵!

제법 육중한 소리를 내며 옥상으로 통하는 철문이 닫힌다. 유일한 퇴로가 차단된 것이다.

무리 중 두 녀석이 재빨리 물탱크 뒤쪽으로 돌아가더니, 이내 한 아름씩을 안고 나오는데, 쇠파이프, 야구방망이, 각목 따위였다.

카라~ 랑!

경쾌하여 더욱 삭막하게 들리는 쇳소리는 녀석들 중 두엇이 쇠파이프를 콘크리트 바닥에 끌고 오며 내는 것이다. 겁을 주려는 것일 터!

아닌 게 아니라, 철민은 더럭 겁이 난다. 마치 이제야 제대로 두려움이 실감되는 듯하다.

아무리 강혁수를 믿는다고 해도, 연장까지 든 녀석들을 그 혼자서 어떻게 당해낼 것인가? 설령 그가 능히 감당해 낼 수 있다고 하더라도, 막상 치고받는 싸움이라도 벌어진다면 그 와중에 그가 어떻게 철민과 한상운까지 보호해 줄 수 있겠는가? 결국 각자의 몸은 각자가 지키는 수밖에 없을 것은 빤한 노릇이다.

놈들이 철민 등을 가운데 놓고 포위하듯 빙 둘러싼다.

놈들 중 몇은 추운 날씨에도 불구하고 옷소매를 걷어붙이고 있었는데, 손등과 팔목에 시퍼렇게 새겨진 문신들이 드러나 있다.

"어이, 좀 물어봅시다! 소영이 그 계집애는 왜 찾는데?"

깡주가 눈짓으로 철민을 지목하며 묻는다.

떨림을 추스르기 위해서라도 철민은 일단 아랫배에다 힘을 주어야 했다.

"안전하게 잘 있는지 확인하려고……!"

"그러니까 댁이 왜 그딴 걸 확인하려고 하냐고? 혹시… 걔가 댁의 '이거'라도 돼?"

깡주가 왼손 새끼손가락을 펴 보인다.

"소영이는… 내가 보호하고 있는 아이다."

"보호? 니미! 보호 같은 소리하고 자빠졌네!"

혼잣말처럼 뱉은 깡주가 "카~ 악!" 가래를 돋워 "퉤~!" 뱉는다. 그러고는 짐짓 표정을 풀더니 말을 잇는다.

"뭐, 어쨌든 걱정 마! 걔는 지금 아주 잘 있으니까! 등 따시고 배부르게 말이야!"

"소영이 지금 어디 있나?"

"글쎄! 어디 있는 건 알아서 뭐 하게?"

"잘 있는지 내가 직접 확인해야겠다!"

"아, 글쎄! 아주아주 잘 있다니까 그러네? 그리고 그쪽을 위해서 하는 얘긴데, 이쯤에서 대충 접어! 그렇게 계속 깝치다가는 크게 다치는 수가 있으니까 말이야!"

"다치다니, 왜? 누구에게 다친다는 거지?"

"거참! 말 안 통하는 양반이네? 아, 씨발! 생각해서 좋은 얘기 해주면 그냥 그런가 보다 하고 좀 알아들어! 알았어?"

철민이 힐끗 한상운을 돌아본 뒤 다시 깡주를 바라봤다.

"충분히 사례를 한다면……? 소영이를 만나게 해주겠나?"

"사례를 하겠다고? 그것도 충분히? 호~? 돈 좀 있나 보네?

그래, 사례를 한다면… 얼마나 할 수 있는데? 설마 푼돈 가지고 생색내려고 하는 건 아니겠지?"

깡주가 슬쩍 흥미를 내비친다.

"얼마쯤이면 되겠나?"

"충분히 하겠다며? 우리는 충분한 걸 좋아해! 크… 흐흐!"

깡주가 키득거린 후 다시 말을 잇는다.

"사실은 말이야! 그 계집애 때문에 우리가 입은 손해가 좀 되거든? 댁들한테 가 있느라 못 뛴 건수가 제법 된다는 거지. 보자… 못 잡아도 다섯 번은 되니까… 한 번에 100만 원만 치더라도, 다섯 번이면 500만 원? 아니지! 돈 좀 있는 꼰대들 걸리면 200만 원도 거뜬하니까, 음… 천만 원은 되겠네!"

철민은 간단히 고개를 끄덕여 준다.

"좋다!"

"응? 오케이라고? 천만 원에 오케이?"

설핏 눈을 크게 뜨는 깡주를 향해 철민은 다시 고개를 끄덕여 준다.

깡주의 표정이 묘하게 변한다.

"돈… 지금 줄 수 있어?"

한상운이 슬쩍 미간을 좁히는 게 보인다.

철민이 차분하게 대답했다.

"근처에 ATM 기기 있으면 바로 빼서 주지!"

깡주가 싱긋 웃더니, 불쑥 손을 내민다.

"줘 봐!"

"뭘……?"

"카드 줘 보라고! 기왕 말 나온 거 지금 바로 현금 박치기하지, 뭐! 바로 옆 건물에 ATM 기기가 있으니까, 카드하고 비밀번호를 알려주면 우리 애들 시켜서 지금 바로 빼오라고 할게!"

철민은 순간 당황하고 말았다. 그때였다.

"이봐! 거래를 그런 식으로 하는 법이 어디 있나?"

한상운이다.

깡주가 힐끗 한상운을 노려보며 뱉는다.

"그런 식으로 하지 않으면?"

한상운이 담담하게 답한다.

"먼저 우리 앞에 소영이를 데려와라! 그럼 즉시 천만 원을 지불하겠다!"

깡주의 인상이 확 일그러진다.

"이 새끼들이 진짜……? 고분고분한 맛에 웬만하면 곱게 보내주려 했더니, 아주 같이 놀려고 하네?"

이어 깡주는 자신의 무리를 향해 차갑게 고함을 지른다.

"뭣들 하냐? 까 버려!"

무리 중 덩치 큰 놈 하나가 곧장 철민을 향해 사정없이 쇠파이프를 휘둘러온다.

철민은 화들짝 놀라 껑충 뒤로 물러섰다.

한상운이 재빨리 철민의 앞을 막아선다. 이어 날아오는 쇠파이프를 허리를 젖혀 피해낸 그가, 틈을 파고들어 놈의 쇠파이프를 든 손목을 한 손으로 간단히 잡아 옆으로 꺾어 젖히는 동시에, 다른 한 손으로는 놈의 목을 가볍게 친다.

"끅!"

놈은 목을 움켜잡으며 주춤주춤 물러서더니 그대로 바닥에 주저앉고 만다.

한상운이 어느 틈에 빼앗아 든 쇠파이프를 휘둘러 놈들을 물러서게 하는 한편, 철민을 잡아 끌어서는 재빨리 물탱크 쪽으로 붙어 선다. 그런 한상운이 만들어낸 일련의 상황은, 순식간에 벌어진 것이다.

이어 달려온 강혁수가 철민과 한상운의 앞을 가로막고 선다.

그러자 한상운은 들고 있던 쇠파이프를 수직으로 세우며 철민의 곁에 버티고 섰다. 한상운은 마치 이제부터의 싸움은 강혁수의 몫이고, 자신의 몫은 철민을 지키는 것이라 스스로 규정하는 듯했다.

한상운의 맹위에 잠깐 주춤했던 놈들은, 오히려 그것에 대한 반발이기라도 하듯 일제히 쇠파이프며 야구방망이를 휘두르며 덤벼든다.

"죽여 버려!"

놈들 중 누군가 지른 외침에서는 등등한 살기마저 묻어 나오는 듯하다.

철민은 흠칫 소름이 돋고 말았다. 그러나 다음 순간 그는 두 눈을 크게 뜬다.

강혁수가 놈들에게로 짓쳐 나갔다. 그리고 그는 마치 개떼들 속에 뛰어든 한 마리 호랑이처럼 거침없이 휘젓는다. 가히 폭풍 같은 기세다. 이리저리 휩쓸고 다니며, 치고, 차고, 혹은 놈들의 무기를 빼앗아 휘두른다.

"으악!"

"크윽!"

한바탕 비명이 난무한다.

놈들은 속절없이 쓰러져 바닥을 기었다.

이윽고 놈들 중 두 발로 서 있는 놈은 없었다.

아니, 한 놈이 있다.

깡주다.

놈은 넋이 빠진 듯이 멍한 모습이었다.

10여 명의 아이가 한데 모여 무릎을 꿇고 있는 곳, 그 앞에 철민이 서 있었다. 그의 양옆으로는 한상운과 강혁수가 버티고 서 있었다.

"소영이는 어디 있지?"

철민의 물음에 무릎을 꿇은 채 깡주가 피식 웃음을 떠올린다. 그놈에게서 저항할 엄두는 내지 못하지만, 결코 기는 죽지 않겠다는 독기가 비쳤다.

"누구, 소영이? 걔가 누군데? 그딴 거 난 모르겠고, 당신들 말이야! 지금 우릴 폭행한 거야! 우리 애들 중에는 청소년도 있어! 청소년 폭행죄가 훨씬 무거운 건 알지? 흐흐흐! 나중에 경찰서에서 보자고! 제대로 후회하게 만들어 줄게!"

마치 대사를 읊듯 빠르게 뱉어낸 깡주의 말에 철민은 다시금 당황스러워졌다.

그때 강혁수가 성큼 앞으로 나서더니 곧장 깡주의 가슴팍을 걷어찬다.

퍽!

"윽!"

깡주가 앉은 채로 벌렁 뒤로 나가떨어진다. 놈이 겨우 몸을 일으켜 앉으며 거친 욕을 뱉어낸다.

"아, 씨발!"

그러더니 놈은 이내 또 비릿한 웃음을 지어내며 오히려 가슴을 크게 열어 보인다. 놈에게서는 '칠 테면 얼마든지 쳐 봐라! 죽일 테면 죽여 봐라!' 하는 식의 독기가 엿보인다.

강혁수가 다시 깡주에게로 다가선다. 그런 그의 입가에 가벼운 미소가 맺힌다.

툭!

강혁수의 발끝이 깡주의 옆구리 어림을 가볍게 찍어 찬다. 그런데 강혁수의 그 행위는 가볍게 보였지만, 결코 가볍지 않았던 모양이다.

"헉……!"

헛바람 들이켜는 소리 외엔 달리 비명이라고 할 것도 없이, 그리고 격렬한 반응 따위도 없이 깡주는 그저 입만 딱 벌린다. 그러더니 이내 얼굴이 하얗게 질려서는 이마에 송알송알 땀방울이 맺힌다.

철민은 바로 앞에서 보고 있으면서도, 기껏 발끝으로 가볍게 한번 툭 찬 것 가지고 저렇게까지 될까 싶었다.

강혁수가 천천히 허리를 숙인다. 그리고 가만히 깡주의 얼굴을 들여다본다. 마치 놈의 고통을 관찰하는 듯하다. 잠시 그러고 있더니, 그가 나직이 속삭이듯이 말한다.

"소영이가 어디 있는지 말할 마음이 생기면 고개를 끄덕여!"

강혁수가 천천히 허리를 편다. 그리고 다시금 가볍게 발끝을 놀린다.

툭!

"허… 억……!"

깡주가 다시금 헛바람을 들이켠다. 놈의 얼굴이 창백해지다 못해 노랗게 뜨는 듯했다.

강혁수가 천천히 허리를 숙인다. 이번에도 가만히 깡주의 얼굴을 들여다보던 그는, 다시 천천히 허리를 편다. 그리고 녀석의 옆구리 어림을 툭 가볍게 찬다.

"끄… 으… 윽……!"

깡주의 입에서는 숨넘어가는 소리가 새어 나온다. 놈의 눈동자가 안쪽으로 돌아가더니, 두 눈이 흰자위로만 채워진다.

철민은 강혁수의 의도를 알 것 같았다. 그도 언젠가 비슷하게 해본 적이 있다. 동네 '별남'에게! 물론 지금 강혁수가 하는 것에 비하면, 그때의 그는 어설프고도 무식했다고 할 수밖에 없겠지만!

강혁수가 다시 천천히 허리를 펴고 있다. 그때였다.

"그… 만……! 그… 만!"

깡주가 다급한 소리를 토해냈다. 절박한 호소다. 아니, 애원이다.

강혁수가 천천히 뒤로 물러난다. 마치 자신의 할 일은 다했다는 듯하다.

철민은 깡주의 눈을 본다. 이제 번뜩이던 독기는 보이지 않는다. 대신 공포가 가득 차 있었다.

그는 문득 약간 안쓰러워졌다. 강혁수의 행위는 가장 빠른 시간에 가장 확실한 효과를 냈지만, 어쨌든 폭력이다. 더욱이 아무리 나쁜 놈이라지만, 깡주는 이제 스물, 만으로 치면 열아홉, 혹은 열여덟일지도 모르는 애다. 그러나 그는 안다. 그런 잠깐의 생각이 감정의 사치일 뿐이라는 걸! 적어도 지금 이 순간만큼은! 그는 이윽고 차분히 마음을 다잡는다.

"어디 있니, 소영이!"

깡주의 눈빛이 설핏 흔들린다. 그러나 곧 힘없이 말을 뱉는다.

"다른 데로 넘어갔습니다!"

"다른 데? 언제, 어디로?"

"그때 데려오자마자 바로……! 어디로 갔는지는 우리도 모릅니다."

강혁수가 성큼 한 걸음 다가선다.

그것만으로도 깡주는 흠칫 몸을 떨며 재빨리 덧붙인다.

"정말입니다. 우리는 그냥 중간에서 연결해 주는 사람에게 넘긴 겁니다. 그 사람한테 듣기로는… 그렇게 넘겨진 여자애들은 보통 몇 군데를 다시 거치기 때문에 어디로 떨어질지는 자기도 모른다고……."

"그럼 그놈, 그 중간에서 연결해 준다는 놈의 연락처는?"

"그게… 지금은 모릅니다."

"몰라? 이 자식이 끝까지……?"

철민은 저도 모르게 주먹이 올라갔다.

그에 깡주는 찔끔하며 다시 말을 주워섬긴다.

"그 새끼, 잠수 탔습니다."

"잠수?"

"애를 넘기면 며칠 안에 도망치는 경우가 있다고, 우선 반만 돈을 받고, 나머지 반은 사흘 뒤에 주기로 했는데… 새끼가 곧바로 핸펀 죽이고 잠수를 타 버렸습니다."

"핸드폰 말고 다른 연락처는 모른다는 거야?"

"예! 우리도 뒤질 만한 데는 다 뒤졌는데, 결국 찾을 수가 없었습니다."

철민은 힘이 쭉 빠지고 만다. 그리고 억제하기 어려운 분노가 치솟는다. 치가 떨리는 분노다. 이건 애들이 아니다. 애들이 넘지 말아야 할 선을 진작 넘어 버렸다. 인간의 자식들이 아니다. 악마의 자식들이다.

"휴우~!"

철민이 길게 한숨을 내쉬는 것으로 겨우 분노를 추스른다.

"소영이를 넘기고 도대체 얼마를 받았니?"

철민의 목소리가 어쩔 수없이 가늘게 떨려 나온다. 다시금 분노가 치미는 까닭이다.

"120만 원 받기로 했는데… 그 새끼가 먹튀 하는 바람에 60만 원밖에……."

놈이 쭈뼛거린다.

"그 돈 받아서 뭐 했어?"

"그냥… 애들하고 밥 먹고… 모텔비 내고……."

"술도 마셨겠지?"

"……."

놈은 차마 대답을 하지 못한다.

"이런 개새끼!"

이윽고 철민은 폭발하고 만다.

짜~ 악!

철민이 놈의 뺨을 후려갈긴다. 놈의 얼굴이 홱! 돌아간다.

"야, 이 개새끼야! 소영이 이제 열일곱 살이야. 험한 세상을 힘겹게 헤매다 우리한테 와서야 겨우 마음을 잡았는데… 이제부터라도 제대로, 열심히 한번 살아 보겠다고 마음을 먹었는데… 그런 애를 붙잡아다가, 뭐? 60만 원에 팔아넘겨? 그러고도 네가 사람 새끼냐? 이 개만도 못한 새끼야!"

철민이 결국 끓어오르는 분노를 참지 못하고 놈의 얼굴에다 마구 주먹질을 한다.

퍽! 퍽! 퍽!

놈은 맞지 않으려고 두 팔로 머리를 감싼 채 바닥에 처박는다.

철민이 그런 놈의 머리를 발로 짓밟고 짓이긴다.

"대표님!"

한상운이 얼른 와서 뜯어말린다.

철민은 그제야 겨우 진정한다. 그러나 분노는 여전히 가라앉지 않는다. 놈을 죽여 버리고 싶다. 그래도 된다면!

짐승보다 못한

정유진(女, 14세)

ㅡ마포대교에서 자살 시도

ㅡ부모 인계 거부

ㅡ센터에서 심리 치료 중 무단이탈

한상운이 수소문 끝에 지역 청소년 상담 센터에서 찾아낸 짧은 기록들은 충격적이었다. 그것이 소영이에 관한 기록인 까닭이다.

2년 전에 작성되었다는 그 기록에는 정유진의 부모의 연락처까지 적혀 있었다.

육 소장이 급한 마음에 당장 부모에게 연락을 취하자고 할 때 한상운이 다시 한 장의 프린트물을 꺼내놓았다. 일 년 전 신문 기사의 한 토막이다.

〈미성년자인 친딸을 상습적으로 성추행한 혐의(성폭력 범죄의 처벌 등에 관한 특례법 위반)로 50대 남성이 구속됐다. 경찰에 따르면, 서울 도봉구에 사는 정 모(51)씨는 친딸을 최근까지 약 5년 동안 일주일에 세네 번씩 허리나 엉덩이를 만지는 등 수백 차례에 걸쳐 상습적으로 성추행을 했으며, 특히 지난 해에는 만 14세의 중학생이던 딸을 성폭행하려다가 딸이 거세게 반항하자 포기했다고 한다. 또한 그런 과정에서 부인이 남편의 추행 사실을 알고 나서도 가정을 지킨다는 명분으로 방관한 것으로 드러나 더욱 충격을 던져 주고 있다. 결국 정 씨는 딸의 신고로 경찰에 체포되었는데, 전날 서울북부지법에서 진행된 영장실질심사에서 그는 "딸에 대한 애정이 깊어 표현이 과했다"고 주장한 것으로 전해졌다.〉

충격이다.

분노가 치민다.

육 소장은 소영이의 부모에게 연락을 취하자는 소리를 다시는 꺼내지 못했다.

부모라고 불릴 수 있는 사람들이 아니다. 아니, 사람이라 불릴 수 없는, 짐승보다 못한 인간들이다.

철민이 할 수 있는 건 기원뿐이다.

정유진이 소영이 아니기를!

차라리 아무 관계도 없는 다른 사람이기를!

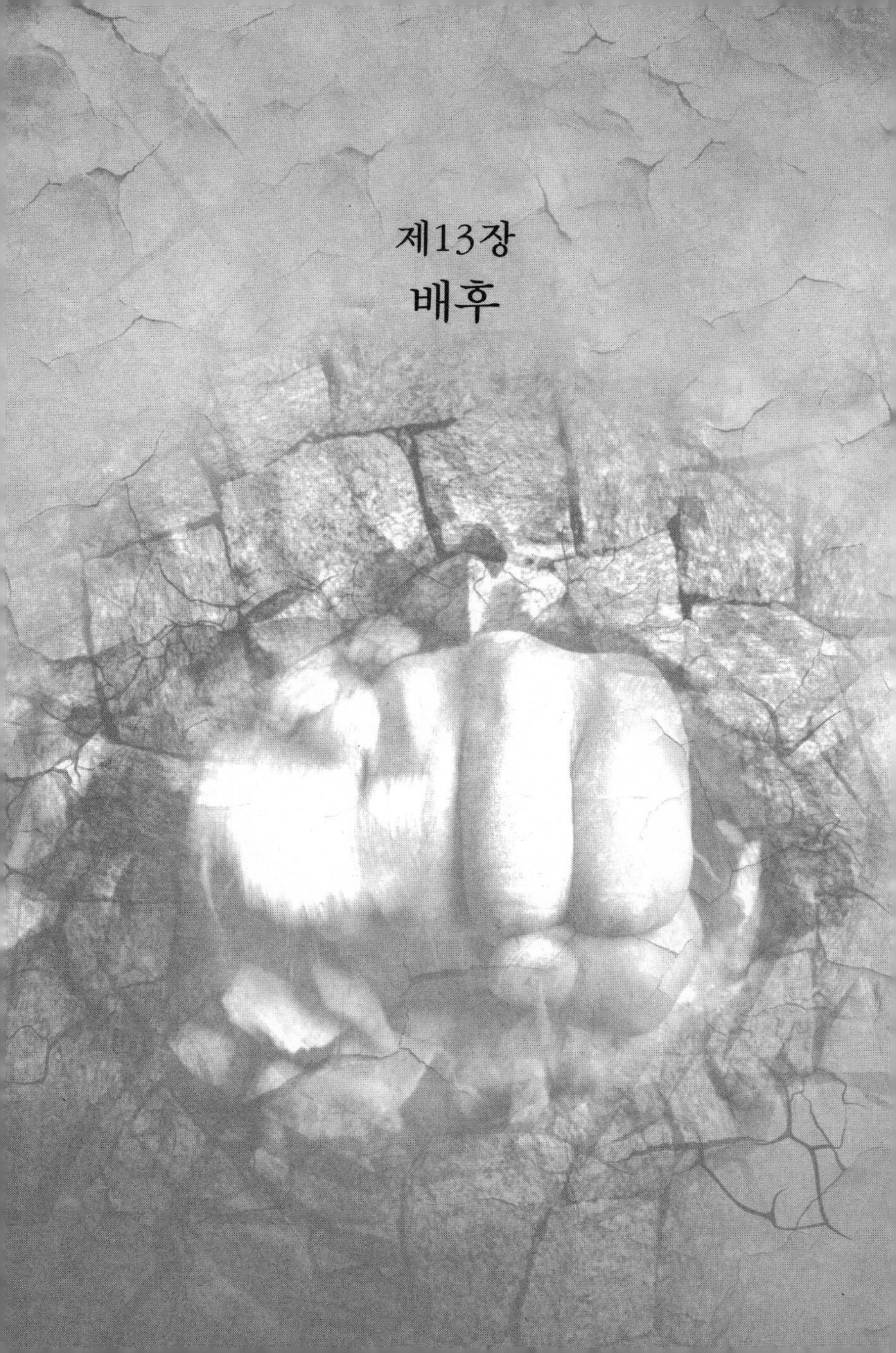

제13장
배후

난장판

한상운이 부지런히 알아보고는 있으나, 소영이의 종적을 추적하는 일은 별다른 진전이 없었다.

철민은 낙담했다. 그러나 사무실 사람들 앞에서 그런 기색을 비칠 수는 없다. 그들 또한 그 못지않게 애를 태우고 있고, 실질적으로도 그보다 더 많이 애를 쓰고 있었다.

철민은 밥이나 한 끼 같이 먹자고 모두에게 제안했다. 그가 마음을 써줄 수 있는 일이라곤 그런 것밖에 없을 듯해서다.

특히 한상운과 강혁수에 대해선 그렇게라도 우선 고마움을 표하고 싶었다.

사실 이번 일은 관리사무소의 본업과는 전혀 무관한 데다 위험천만하기까지 하니, 그 둘이 못하겠다고 나왔어도 그로서는 뭐라고 하지 못했을 일이다. 아니, 그들의 입장에서야 오히려 못하겠다고 하는 게 당연하다고 할 수 있겠다.

그럼에도 그들이 위험을 무릅쓰며 적극적으로 나서 준 것은, 직원과 대표의 관계로 그가 지시했기 때문이 아니라, 어디까지나 소영이에 대한 안타까움에 그들이 공감한 까닭일 것이다.

그런 그들의 진심과 진정이 너무나 고맙다. 격려금 등으로 고마움을 표시할 수도 있겠으나, 그렇게 하는 것은 자칫 실례가 될 수도 있을 것이다.

진정은 진정으로 대하자! 함께 밥이라도 먹으면서 고맙다는 진심을 전하자!

달리 사례를 하는 것은, 차차 시간을 두고 생각해 봐도 될 것이다.

상가 2층의 식당! 불판에서는 한창 삼겹살이 익어가고, 소주도 올라와 있다.

모두는 조용히 젓가락만 놀릴 뿐, 서로 가볍게 건네는 대화조차 없다. 그런 까닭에 식사 자리의 분위기는 무겁게까지 느껴진다.

라랄라~ 라라라~ 라랄라라~!

갑자기 경쾌한 멜로디가 울린다. 휴대폰이 울리는 것이다.

육 소장이 얼른 전화를 받으며 자리에서 일어선다. 경쾌한 멜로디만으로도 모두에게 미안하다는 기색이다. 그런데 구석에서 전화를 받는 그의 목소리가 언뜻 다급하게 들린다. 육 소장이 몇 마디 주고받고 전화를 끊고는 곧장 철민에게 다가오는데, 그의 안색부터가 다급해 보인다.

"대표님! 빨리 사무실로 가봐야 할 것 같습니다!"

조 관장의 급한 전화인데, 지금 관리사무소에 난리가 났다는 것이다. 열댓 명쯤 되는 사내가 우르르 몰려와서는 관리사무소의 창문을 깨고 안으로 들어가 책상과 집기들을 뒤집어엎는 등 아주 난장판을 만들고 있는 중이라고 했다. 그런데 놈들의 기세가 험악한 것이, 한눈에 보기에도 조폭들 같아 조 관장 선에서는 도저히 어떻게 해볼 수가 없다는 것이다. 그래서 곧장 경찰에 신고를 하려다가 혹시나 해서 먼저 육 소장에게 전화를 한 것이라고!

"우리가 지금 바로 갈 테니 경찰에는 신고하지 말고, 일단 그냥 지켜보고만 있으라고 해두었습니다!"

육 소장의 말에 철민이 한상운을 바라본다.

그때 한상운이 휴대폰을 꺼내 어디론가 전화를 걸더니, 이내 끊고는 차분하게 말한다.

"깡주가 휴대폰을 해지했군요!"

"……?"

철민이 설핏 의문을 표하자, 한상운이 덧붙인다.

"깡주와는 어제까지만 해도 통화를 했습니다. 놈이 갑자기 휴대폰을 해지한 것으로 보아, 놈과 지금 관리사무소에 난입한 놈들 사이에 어떤 연관이 있을 거라는 짐작을 해볼 수 있습니다."

"깡주 그놈, 보통 영악한 게 아니니, 또 다른 자들을 끌어들였을 가능성이 충분히 있지!"

강혁수가 불쑥 뱉는다.

"음……!"

철민의 침음성에, 한상운이 차분한 투로 말을 잇는다.

"일단 소장님께서 잘 대응 하신 것 같습니다. 만약 정말 깡주가 끌어들인 놈들이라면 소영이와도 관련이 있을 공산이 큰데, 무턱대고 경찰을 개입시켰다간 일만 복잡해질 수가 있습니다. 사무실 CCTV에 놈들의 얼굴이 찍혔을 테니, 일단 어떤 놈들인지부터 확인하고 나서 조치를 취하면 될 것 같습니다!"

"그나저나 사무실이 얼마나 엉망이 되었을지 걱정이 태산입니다!"

육 소장이 걱정을 토해냈고, 모두는 서둘러서 자리를 털고 일어선다.

라랄라~ 라라라~ 라랄라라~!

육 소장의 휴대폰이 다시 울린 것은 철민 등이 막 식당 문을 나섰을 때였다.

"어, 조 관장! 뭐? 조폭들이 갔다고? 순식간에 빠져나갔어? 사무실이 아주 난장판이 되었다고? 저런, 쳐 죽일 놈들! 에~휴!"

육 소장의 한숨 소리가 깊다.

철민은 잔뜩 곧추서 있던 긴장이 한풀 꺾이는 바람에 가느다랗게 한숨이 나왔다.

10억을 주겠소!

철민 등이 도착해 보니 사무실은 그야말로 난장판이었다. 마치 한바탕 태풍이 지나간 듯 책상이 뒤집어지고, 의자들은 제멋대로 나뒹굴고, 집기들은 부서지고 깨진 채 어지러이 흩어져 있었다.

"아이고~! 이게 대체 무슨 난리야?"

육 소장이 곧장 손에 잡히는 대로 부서진 물건들을 치우고 성한 물건들을 골라 정리하기 시작한다.

"소장님! 천천히 하시죠! 어차피 집기들은 새로 들여야 할 것 같네요!"

철민이 그를 말린다.

"아무래도 그래야 할 것 같기는 한데……."

육 소장도 수긍하는 기색이다. 그러나 그는 한숨을 내쉬며 손을 멈추지 못한다.

"에~ 휴! 그래도 이 난장판을 어떻게 그냥 두고 볼 수야 있나요?"

한상운과 강혁수도 곧장 팔을 걷어붙이고 나선다. 그에 철민은 동참하는 시늉이라도 할 수밖에 없었다.

대강 치우고 나자, 시간은 벌써 9시를 지나고 있었다.

"자자~! 이제 그만들 하고 커피나 한잔하시죠!"

철민이 먼저 손을 털고 주방으로 향한다.

그럼에도 육 소장은 여전히 마음이 급한 듯 흩어진 서류를 정리하는 데 여념이 없었다.

한상운과 강혁수는 잠시 육 소장의 눈치를 보고 나서야, 슬쩍 철민을 따라 주방으로 들어선다.

주방은 사무실에 비하면 그런대로 멀쩡해 보인다.

철민이 커피를 챙기는 사이 한상운이 커피포트에 물을 붓고 코드를 꽂는다.

식탁에 마주 앉은 세 사람의 분위기는 저절로 무거워진다.

이윽고 물이 끓자 한상운이 얼른 커피를 한 잔씩 타서 돌린다.

뜨거운 커피를 한 모금 넘기고 나니 철민은 새삼 당혹스럽고 난감한 심정이 된다. 조폭들이라니? 아직은 조 관장이 '조폭들 같다!'고 한 것뿐이지만, 그것만으로도 가슴이 떨린다. 깡주 패거리를 상대하는 것과는 상황이 완전히 다르다. 그가 미처 상상해 보지 못한 방향이다. 솔직한 심정으로, 이제 어떻게 사태를 감당해야 할지 엄두가 나지 않았다.

철민이 혼자만의 생각에 침잠해 있자, 한상운과 강혁수도 동조하기라도 하듯 내내 침묵을 지킨다.

"무슨 일들이시오?"

주방 밖에서 육 소장의 목소리가 들린다. 그런데 사뭇 긴장한 느낌이 역력하다.

"당신들, 대체 누구요?"

육 소장의 목소리가 커졌다.

강혁수가 벌떡 일어나 주방을 뛰쳐나가고, 한상운과 철민이 급히 그 뒤를 따른다.

한 무리의 덩치가 험악한 기세로 메인 사무실을 꽉 채우다시피 하고 있다.

'놈들이다!'

사내들이 맞춤이라도 한 듯 운동복 차림인 것만으로도 철민은 대번에 짐작할 수 있었다. 사무실을 난장판으로 휩쓸고 갔던 놈들! 놈들은 아주 가지 않고, 상가 주변에서 동향을 살피다가 다시 쳐들어온 것이리라!

그런데 사무실로 들이닥친 무리가 다가 아니었다. 다시 한 무리의 사내가 계단과 엘리베이터 입구를 봉쇄하듯이 지키고 서 있는 게 창문을 통해 보인다. 사무실 안에 열, 그리고 바깥에 열 명 정도! 못해도 스물은 되어 보인다.

다들 운동복 차림인데, 유일하게 말쑥한 정장 차림인 사내 하나가 앞으로 나선다.

"여기 주인이 누구야? 무슨 대표님이라고 있다며?"

짐짓 묵직하게 깔리는 목소리다.

정장의 사내는 많이 되어도 서른 남짓으로 보인다. 그런 자가 육 소장을 향해 대뜸 내뱉는 반말에, 비록 잔뜩 위축되어 있는 중일지라도 철민은 일단 앞으로 나선다.

"내가 여기 대표입니다만, 무슨 일입니까?"

사내가 힐끗 시선을 돌려 철민의 위아래를 훑어본다. 그 눈초리가 매섭다. 특히나 사내의 왼쪽 눈 아래에서부터 뺨까지 제법 길게 나 있는 흉터는 사내의 인상을 더욱 강하게 보이도록 하는 데가 있다.

사내가 문득 피식거리며 웃는다. 그에 따라 뺨의 흉터가 지

렁이처럼 꿈틀거린다.

"젊다고 하더니, 어리네? 이야! 진짜로 부럽다, 부러워! 어떤 놈은 하루 벌어 하루 먹기도 팍팍한 세상인데, 그 나이에 무슨 재주로 이런 번듯한 상가를 가지고 계실까? 혹시 어느 재벌의 숨겨진 자식이라도 되시나?"

사뭇 노골적인 시비다. 그리고 웃는 표정임에도 여전히 쏘아보고 있는 사내의 매서운 눈빛에, 철민은 새삼 실감하지 않을 수 없었다. 자신이 감히 상대할 수 있는 자가 아니라는 사실을!

그런데 그때였다.

"이보시오! 우리 대표님께서 물으시잖소, 무슨 일이냐고?"

강혁수였다. 어느 틈에 따라붙었는지, 철민의 바로 뒤에서 강혁수가 굵직한 목소리로 흉터의 사내를 향해 되물었다.

흉터 사내의 눈빛이 한층 날카로워진다.

"그쪽, 주먹 좀 쓴다며? 그렇지만 미리 경고해 두는데, 우리 앞에서는 함부로 설치지 않는 게 좋아! 우린 싸움 같은 거 안 해! 우린 말이야, 수틀리면 그냥 죽여 버리거든? 이렇게……!"

흉터의 사내가 말끝에 손으로 '쓱!' 목을 긋는 시늉을 해 보인다.

철민이 섬뜩한 느낌에 저도 모르게 움찔하고 만다.

그것을 눈치챘는지 흉터의 사내가 비릿한 미소를 머금는다.

바로 그때다.

강혁수가 성큼 앞으로 나선다.

그 갑작스러움에 흉터의 사내가 반사적이다시피 주춤 뒤로 물러난다. 그리고 사내의 인상은 곧바로 '와락!' 구겨진다. 강혁수가 철민과 나란히 어깨선을 맞추는 지점에서 우뚝 멈추어 섰기 때문이다. 결과적으로 사내는 강혁수의 작은 움직임 하나 때문에, 얼떨결에 기선을 잡히고 만 셈이다.

차갑게 표정을 굳힌 흉터의 사내가 다시 철민에게로 시선을 옮긴다.

"당신 말이야! 우리한테 갚아야 할 빚이 좀 있더라고?"

"빚이라니? 나는 댁들이 누군지도 모르는데, 도대체 무슨 빚이 있단 말입니까?"

철민이 애써 차분하게 받았다.

흉터 사내가 차갑게 웃는다.

"깡주라고 알지? 그 새끼가 우리한테 권리를 넘겼어!"

"권리요? 무슨 권리를 말하는 겁니까?"

"거참! 젊은 나이에 상가까지 가지고 있는 부자라 그래서 시원시원할 줄 알았더니, 영 답답하네? 그 정도 얘기했으면 대충 알아들어야지, 답답하게 뭘 자꾸 물어싸?"

흉터의 사내가 짐짓 인상을 쓰며 덧붙인다.

"소영이라는 계집애 말이야! 걔에 관한 모든 권리가 우리한테 넘어왔다는 얘기야! 그쪽에서 깡주 그 새끼한테 천만 원을 빚졌다며? 당연히 그것도 우리 쪽으로 넘어온 거지!"

흉터의 사내는 문득 짜증스럽다는 듯 머리를 한번 흔들고 나서 다시 말을 잇는다.

"일일이 설명해 주려니까, 니미, 존나 복잡하네! 대가리에 쥐가 다 내리네, 아주! 하여간 일이 그렇게 된 거라고! 아 참! 그리고… 그 빚이 일단 우리한테 넘어온 이상, 계산법이 또 달라져! 우리의 계산법은 다르거든! 그쪽에서 갚아야 할 빚의 액수가 조금 달라졌다는 얘기지!"

흉터 사내가 말을 멈추고 철민의 반응을 살피듯 잠시 응시한다. 그러고는 말을 계속한다.

"그리고 아까 일은 미안했어. 이런저런 설명도 해주고, 또 빚도 좀 받으려고 왔는데 아무도 없잖아? 우리가 성질이 좀 급해! 머리보다 몸이 먼저 움직이거든? 아~! 그렇다고 경우가 없지는 않아! 오늘 우리가 부순 물건들의 값은 따로 계산해서 청구해! 그 쪽 빚에서 감해 주도록 할게!"

철민은 차라리 담담해졌다. 긴장과 위축이 풀린 것은 사내에게서 소영이의 이름이 나왔을 때부터다.

"액수가 달라졌다고 했는데, 그래서 얼마라는 겁니까?"

흉터의 사내가 뭔가 다른 느낌을 받은 듯 힐끗 철민의 위아래를 훑고 나서 '툭!' 뱉는다.

"한 장!"

"한 장이라면?"

"1억!"

그 말에도 철민은 놀랍지 않았다. 그가 묵묵히 있자, 흉터의 사내가 빙글거리며 덧붙인다.

"뭐, 한 번에 다 갚으라는 건 아니고… 형편에 따라서 오늘부터 얼마간 나눠서 갚아도 돼! 흠! 그렇더라도 길게 끌지는 않는 게 좋을 거야! 우리 이자가 제법 비싼 편이거든? 일수 10퍼센트! 그러니까 만약 오늘 한 푼도 안 갚는다고 치면, 내일은 1억 1천이 된다는 얘기니까, 부지런히, 빨리빨리 갚아버리라는 거지! 아, 그리고… 뭐, 이제 충분히 알아들은 걸로 보여서 이런 얘기까지는 안 해도 될 것 같기는 한데… 음! 만약에 말이지! 앞으로 협조가 잘 안 된다… 그럼 일단 이 상가의 모든 가게는 영업을 하지 못하게 될 거야. 상가 전체가 폐쇄된다는 거지! 그리고 다음은 뭐냐?"

흉터의 사내가 힐끗 강혁수를 돌아본다. 그러고는 비릿한 웃음기를 떠올리며 말을 잇는다.

"아까 처음에 얘기했지? 수틀리면 어떻게 한다고? 흐흐흐! 이렇게……!"

손으로 자신의 목을 그어 보이는 흉터 사내의 눈빛이 차갑게 번뜩인다.

'길게 끌지 말자!'

철민이 결심 끝에 짧게 말을 뱉는다.

"10억!"

순간 흉터 사내의 얼굴에 짙은 의아함이 번진다.

철민이 차분하게 덧붙인다.

"10억을 주겠소! 그러니 소영이를 내게 넘기시오!"

철민은 진심이었다. 소영이를 구할 수만 있다면, 정말로 그렇게 하리라!

10억은 큰돈이다. 그러나 철민에게 그 정도의 돈은 있어도 되고 없어도 되는 돈이다. 그 돈으로 소영이의 편에 서줄 수 있다면, 그래서 그녀에게 이 험한 세상에 기꺼이 자신의 편이 되어주려는 사람이 있다는 걸 알게 해주고 싶었다. 나아가 그것을 그녀가 앞으로의 세상을 살아갈 수 있는 아주 작은 이유로 삼을 수 있기를 바라는 심정이다. 그리고 그것은 그에게 의무감과 비슷하다. 지금 하지 않으면 두고두고 후회하게 될 것 같은! 그래서 두렵더라도 해야만 하는! 할 수밖에 없는!

"지금 그 말… 진짜야?"

당황스러움을 추스른 흉터의 사내가 확인하듯 묻는다. 철민은 담담히 고개를 끄덕이는 것으로 대답을 대신한다.

흉터의 사내가 잠시간 철민을 응시하더니, 문득 묘한 웃음기를 떠올리며 입을 연다.

“진짜라 이거지? 근데 10억이라… 이렇게 되면 내 선에서 결정하기는 어려운데? 흠… 잠시만 기다려 보슈! 우리 형님한테 일단 얘기해 볼 테니까!”

흉터 사내의 말투가 약간쯤 변했다. 이어 사내는 휴대폰을 꺼내 들고 사무실 밖으로 나간다.

잠시 후, 흉터의 사내가 빙글거리는 얼굴로 다시 사무실로 들어온다.

“오케이! 우리 형님께서 좋다고 하십니다. 그쪽에서 돈이 준비되는 대로 만나자고!”

“소영이를 내게 넘기기만 한다면, 돈은 지금 당장이라도 이체시켜 주겠소!”

“이야~! 이제 보니 화끈한 양반이네? 좋수다! 그럼 지금 바로 우리랑 갑시다!”

“어딜 말이오?”

“소영이를 넘겨달라면서요?”

철민은 설핏 망설여졌지만, 이내 고개를 끄덕인다.

흉터의 사내가 빙긋 웃으며 손짓하자, 운동복의 덩치들이 일제히 좌우로 물러서며 길을 만든다.

“대표님! 대체 어쩌시려고……?”

잔뜩 굳어 있던 육 소장이 철민의 곁으로 다가서며 와락 옷자락을 움켜잡는다.

철민이 가만히 고개를 끄덕여 준다. 이미 호랑이 등에 올라 탄 격이다. 이제는 호랑이가 끌고 가는 데까지 가볼 수밖에! 그는 애써 차분하게 걸음을 내딛는다.

그런데 그때였다,

“당신들은 안 돼!”

흉터의 사내가 철민의 뒤를 따라붙는 한상운과 강혁수를 단호하게 제지한다.

“그럴 수는 없지! 당신들을 어떻게 믿고 우리 대표님 혼자 가시게 하나?”

강혁수가 철민의 바로 곁으로 붙어 서며 따졌다.

“이보쇼, 대표님! 소영이 넘겨줘요, 말아요? 확실히 합시다?”

흉터의 사내가 철민을 노려보며 말했다.

철민이 새삼 망설일 때였다.

“제가 대표님을 수행하는 걸로 하지요! 어차피 제가 따라가야 되기도 하고요!”

한상운이었다.

흉터의 사내가 힐끗 한상운을 훑어보며 묻는다.

“당신이 뭔데? 왜 당신이 따라가야 되는데?”

한상운이 슬쩍 철민에게로 시선을 주며 답한다.

“난 현금 출납 담당자요. 우리 상가와 관련된 모든 통장이며 온라인 계좌를 전부 내가 관리합니다. 우리 대표님은 큰

선의 경영만 하시지, 지금까지 계좌 이체 같은 건 한 번도 해 본 적이 없을 정도로 실무는 잘 모르십니다. 그래서 내가 따라가야 된다는 거요!"

흉터의 사내가 힐끗 철민에게로 시선을 준다. 한상운의 말이 사실인지 확인하는 것이리라.

철민으로서는 일단 고개를 끄덕이고 볼 수밖에 없는 노릇이다.

"좋아! 그럼 당신만 같이 가는 걸로 하지!"

흉터의 사내가 굳이 한상운을 지목하며 하는 말이다. 그에 사내가 강혁수에 대한 경계를 드러내는 것이리라. '주먹 좀 쓰는' 그에게!

강혁수는 웬일로 잠자코 있었다. 방금까지도 철민 혼자 가게 할 수 없다며 완강하게 버틸 기세이더니 한상운이 따라나서서 만족하는 걸까?

"자! 갑시다!"

흉터의 사내가 앞장을 선다.

철민과 한상운이 사내의 뒤를 따르자, 곧바로 덩치들이 그 뒤를 차단한다. 그러곤 한 덩어리로 뭉친 듯 우르르 사무실을 빠져나간다.

"이러고 있을 때가 아니야! 빨리 경찰에 신고부터 하세!"

육 소장이 당장에 걱정을 토해낸다.

그러자 강혁수가 무겁게 고개를 가로젓는다.

"안 됩니다. 섣불리 경찰을 개입시켰다가는 자칫 대표님과 한 대리를 위험에 빠뜨릴 수 있습니다."

"이런……! 그럼 어떻게 하지?"

"제가 방법을 한번 강구해 볼 테니까, 소장님은 일단 퇴근하시죠!"

"아니, 이 사람아! 지금 이런 상황에 내가 어떻게 퇴근을 하겠나?"

강혁수가 꾸벅 고개를 숙인다.

"그럼… 저 먼저 나가 봐야겠습니다!"

"어떻게 하려고……?"

"나중에 연락드리겠습니다!"

강혁수가 서둘러 사무실을 나선다.

"휴우~! 대체 이게 무슨 난리람?"

사무실에 혼자 남은 육 소장의 한숨이 깊다.

진짜 조폭

미어터질 듯이 좌우가 꽉 끼는 바람에 철민은 꼼짝도 하지 못했다. 흉터의 사내가 처음에 철민과 한상운을 각기 다른 차에 태우려는 것을 한상운이 끝까지 고집을 부려서 같은 차에 타게는 되었는데, 두 사람을 뒷좌석 가운데다 태우고 그 좌우로 덩치 둘이 타는 바람에 이렇게 된 것이었다.

흉터의 사내는 또 철민과 한상운의 휴대폰에서 배터리까지 빼갔다. 나중에 돌려주겠다며!

어두운 밤거리를 한동안 달린 자동차는 어느 화려한 도심 거리 속으로 불쑥 들어섰다. 번쩍이는 네온사인들로 거리는 사뭇 들뜨고 흥겨운 분위기다.

물론 철민은 그런 분위기에 조금도 젖을 수가 없다. 저 화려한 거리 속 어딘가에 지금, 이제 열일곱의 소녀 하나가 두려움과 고통에 눈물 흘리고 있으리라는 생각 때문에!

차가 어느 빌딩 앞에서 멈추어 선다.

십 몇 층쯤 되어 보이는 빌딩에는 형형색색의 색감을 뽐내는 간판들이 빽빽이 매달려 있다. 저층의 음식점과 술집들, 중간층의 가요 주점들, 상층의 모텔까지, 빌딩에는 그야말로 모든 종류의 유흥업소들이 집약되어 있는 느낌이다.

흉터의 사내가 앞장서서 철민과 한상운을 안내한다. 덩치 둘이 그들과 함께 엘리베이터를 탄다. 자신들만으로도 철민과 한상운을 감당하기에는 충분하다고 자신하는 걸까?

엘리베이터는 지하 2층까지였다. 그런데 그들은 계단을 통해 다시 한 층을 더 내려갔다.

이윽고 도착한 곳은 그냥 지하 공간일 뿐인 것처럼 보인다. 희미한 조명 외에는 아무것도 없는 듯하다.

흉터의 사내가 익숙한 듯이 하나의 문을 열고 들어간다. 그러자 조금 더 밝고 은은한 조명이 비치는 공간이 나타난다.

복도 앞쪽에 웨이터 하나가 서 있다가 그를 보고는 넙죽 허리를 숙인다.

흉터의 사내는 간단히 고개만 끄덕여 보이고는 곧장 걸어간다. 제법 긴 복도다.

다시 문 하나가 나타난다. 여전히 간판 같은 건 달리지 않은, 그냥 단순한 문이다. 그런데 문이 열리는 순간, 전혀 예상하지 못했던 광경이 불쑥 나타난다.

바닥에는 푹신한 카펫이 깔려 있고, 천장에는 마치 샹들리에 같은 화려한 조명들이 달려 있다. 뿐만 아니라 벽 곳곳에서 별도의 조명들이 비치는 가운데 조각이며 그림이며 각종의 장식들이 눈길을 빼앗는다.

갑작스러워서 마치 딴 세상인 것만 같은 그 공간에서는 지금 웨이터들과 아가씨들이 분주히 오가고 있다. 그리고 안쪽으로 길게 난 복도의 좌우로는 몇 개나 되는지 얼핏 짐작도 되지 않게 룸들이 늘어서 있다. 룸의 문이 열고 닫힐 때마다 음악과 노랫소리가 흘러나온다.

동행했던 덩치 둘은 더 이상 따라붙지 않는다.

흉터 사내는 곧장 카운터로 간다.

빨간 원피스 차림에 30대 중반쯤으로 보이는 여자 하나가 의자에 앉아 있다가 일어서며 반색한다.

"어머, 어서 오세요! 사촌 오라버니!"

흉터의 사내가 씩 웃으며 받는다.

"니미! 오라버니는 무슨……? 누님도 한참 누님뻘 아냐?"

"어머! 무슨 그런 농담을 다……? 하여간 짓궂으셔!"

"그리고 사촌는 또 뭐야? 누구 맘대로 그렇게 부르래?"

"호호호! 누구 맘대로? 호~ 홍! 누나 맘대로!"

여자의 농익은 콧소리에 흉터 사내, 사촌가 다시금 피식거리며 묻는다.

"형님은?"

"안 그래도 기다리고 계시는 중이에요! 안쪽 끝 방!"

여자가 안쪽을 가리킨다.

사촌는 곧장 철민과 한상운을 안내하여 복도 안쪽으로 들어간다. 그리고 제일 안쪽에 있는 룸 앞에서 멈추어 노크를 한다.

"들어와!"

룸 안쪽에서 묵직한 목소리가 들린다.

사촌가 철민 등에게는 잠시 기다리라 하고, 혼자 안으로 들어간다.

잠시 기다리던 철민은 새삼 막막한 심정으로 되고 만다. 생각해 보면 무슨 배짱으로 여기까지 따라온 건지 황망할 뿐이다.

그때 사초가 룸에서 나오며 철민에게 말한다.

"들어가 보시오!"

그리고 사초는 슬쩍 한상운의 앞을 가로막는다.

"당신은 나하고 옆방에서 기다리자고!"

한상운이 설핏 표정을 굳힌다. 그러나 그는 이내 표정을 바로 하고는 철민을 향해 가만히 고개를 끄덕여 보인다.

철민은 문득 다리가 후들거리는 느낌이 들었다. 각오는 되어 있었지만, 이건 또 차원이 다르다. 사초의 윗선이라면, 조폭 중에서도 진짜 조폭일 것이다. 보스쯤 될까? 그런 자와 한상운도 없이 혼자서 대면해야 한다니!

'후으~ 읍!'

철민은 표 나지 않게 가만히 심호흡을 했다. 기왕 호랑이 등에 올라탄 격이 아닌가? 이어 그는 성큼 룸 안으로 걸음을 내디딘다.

다음은 왼쪽이야!

룸 안은 제법 넓었다. 정면으로 보이는 벽에 대형 스크린이 설치되어 있고, 그 앞쪽으로는 무대가 있다. 다시 무대의 앞으로 열 명 넘게 앉을 수 있는 소파와 테이블이 놓여 있다.

지금 소파에는 중년의 사내 하나가 혼자 앉아 있다.

중년의 사내는 앉은 덩치만으로도 거구다. 그리고 룸으로 들어서는 철민을 가만히 바라보고 있는 시선만으로도 벌써 위압감이 느껴지는 듯하다.

'조폭 보스!'

철민은 설핏 위축되면서 중년 사내에 대해 새삼 그렇게 규정한다.

중년 사내, 보스가 가볍게 손짓을 한다. 곁으로 와서 앉으라는 손짓이다.

철민이 애써 가슴을 펴며 보스의 맞은편에 앉는다.

보스가 말없이 술병을 든다. 철민이 또한 말없이 술잔을 들자, 보스는 철민의 잔을 채우고, 자신의 잔을 채운다.

"자! 일단 한잔합시다!"

나직하나 묵직한 힘이 느껴지는 목소리다. 그에 철민은 약간의 의외성을 느낀다. 반말이 아니라는 점에서다. 사초에게서 익숙하게 반말을 들어서일까? 한편 그럼으로써 보스가 풍기는 분위기는 더욱 압도적으로 느껴졌다.

철민은 단숨에 술잔을 비웠다. 그리고 그대로 목구멍으로 넘겨 버린다. 목구멍이 화끈해지더니, 뜨거움이 곧장 위 속까지 이어진다. 독주다. 덕분에 그를 지배하던 위축이 조금쯤 가시는 듯하다.

철민은 다시금 가슴을 편다.

보스의 눈가에 설핏 웃음기가 감도는 것 같다.

"애기는 들었지만, 생각보다 훨씬 더 젊은 양반이구만?"

보스가 싱긋 웃으며 다시 철민의 술잔을 채운다. 그러곤 문득 웃음기를 지우며 덧붙인다.

"그런데 10억에 우리와 거래하겠다는 거… 확실하오?"

철민이 무겁게 고개를 끄덕이는 것으로 대답을 대신한다. 혹여나 목소리가 떨려 나올 것만 같아서다.

보스의 굵고 짙은 눈썹이 가볍게 찌푸려진다. 그러더니 탁자 위에 놓여 있던 작은 케이스에서 담배 한 개비를 꺼내 물고는 라이터로 불을 붙인다.

"후우~!"

달게 빨아들였던 연기를 길게 내뿜으며 보스가 천천히 말을 내뱉는다.

"만약 장난치는 거라면, 우린 그런 거 별로 안 좋아하는데……?"

그 말에 철민은 무슨 말이든 하지 않을 수 없었다.

"소영이를 데리고 가려는 겁니다. 전 사람 가지고 장난치지 않습니다!"

"후우~!"

보스가 다시 한 모금의 담배 연기를 내뿜으며 묻는다.

"돈은 즉시 이체해 주겠다고?"

"소영이를 만나는 즉시 그렇게 하겠습니다."

"후우~!"

보스가 세 번째의 연기를 내뿜으며 고개를 끄덕였다.

"좋아! 그렇게 하도록 하지!"

보스가 짐짓 흔쾌히 말하고는 테이블 한쪽에 놓인 인터폰을 누른다.

—예~! 회장님!

콧소리 섞인 여자의 목소리가 응답한다.

"사초한테 그 애 데리고 오라고 해!"

보스가 건조하게 지시한 다음, 대답도 듣지 않고 인터폰을 꺼 버린다. 그리고 룸 안에는 침묵이 흐른다.

보스가 내뿜는 담배 연기만이 뿌옇게 허공을 잠식해 나가고 있다.

똑똑!

노크 소리가 들린 것은 보스가 마침 담배를 재떨이에 비벼 끌 때였다.

문이 열리고 안으로 들어서는 사람은 사초였다. 그런데 그는 혼자였다.

사초가 문을 닫고 조심스럽게 다가서는 것을 보는 보스의 미간이 설핏 좁혀진다.

"왜 혼자야?"

그러나 사초는 힐끗 철민을 곁눈질하며 머뭇거렸다.

"왜 혼자냐고 묻잖아, 새끼야?"

보스의 말이 대뜸 거칠어지고 나서야 사초가 작게 대답했다.

"계집애가 약을 먹은 것 같습니다!"

"뭐? 그게 무슨 소리야?"

"그게… 계집애가 도망치려고 했던 모양인데……."

"야, 이 새끼야! 더듬지 말고 똑바로 얘기해!"

보스가 버럭 소리를 지른다.

"밑에 애들이 손을 좀 보고 나서, 지하실에 있는 방에다 가둬 둔 모양입니다. 그런데 조금 전에 문을 열어 보니 계집애가 뻗어 있는데, 아마도 한 봉지를 통째로 입에 털어 넣은 것 같다고……."

"뭐? 그래서 어떻게 되었다는 거야?"

"정신을 놓고 있는 상태입니다."

"이런, 병신 새끼들! 그깟 계집애 하나 제대로 관리를 못 해 가지고! 빨리 다른 데로 옮겨! 재수 없게 영업장에서 송장이라도 치우는 날엔 전부 내 손에 죽을 줄 알아!"

"예! 형님!"

철민이 갑자기 무슨 상황인지 혼란스러워할 때 사초가 보스에게 허리를 굽히고는 빠르게 돌아 나갔고, 그제야 소영이에게 무슨 일이 벌어졌다는 사실을 퍼뜩 실감할 수 있었다. 반사적이다시피 벌떡 일어선 그가 외친다.

"소영이! 소영이 어디 있어?"

그에 보스가 막 룸을 나가려던 사초를 향해 짜증스럽게 소리를 지른다.

"야! 정신 사납다! 재도 데리고 나가라!"

그 소리에 철민이 부르짖듯이 다시 외친다.

"소영이 지금 어디 있냐고?"

보스의 얼굴이 확 일그러진다.

"이런… 이 새끼가 뭘 잘못 처먹었나? 어디서 소리를 지르고 지랄이야? 야! 뭐 해? 이 새끼 당장 치우라니까?"

사초가 잰걸음으로 다가온다.

철민은 다급해진다. 그리고 한순간 그는 무작정 보스를 향해 달려들며 주먹을 휘두른다.

보스가 설핏 머리를 뒤로 젖히며 피한다.

그런 보스의 입가로 어이없다는 경멸의 빛이 스치는 것을 보며, 철민은 머리가 멍해진다. 마치 어릴 때 개울에서 수영하다가 양쪽 귀에 물이 들어가 꽉 막혔을 때와 비슷한 느낌이다. 이어 이제는 낯설지 않은 현상들이 펼쳐진다.

주변의 모든 게 느려지고 있다. 보스의 표정이 가소롭다는 것에서 다시 놀라는 것으로 느리게 변해간다. 그런 보스의 얼굴을 향해 그의 주먹이 천천히 날아가고 있다.

슬비다.

팍!

이윽고 철민의 주먹이 보스의 얼굴에 꽂힌다. 정확하게 관자놀이다.

"큭?"

일말의 의혹이 담긴 외마디를 뱉으며, 보스가 서서히 무너진다.

아찔한 현기증이 철민의 시야를 흐리게 만들고 있다. 뒤이어 무력감이 밀려든다. 철민은 이를 악다문다. 그리고 쓰러져 있는 보스를 덮치며 마구잡이로 주먹을 휘두른다.

퍽! 퍽! 퍽!

현기증이 가신다. 철민의 눈에 우선 들어온 것은 붉은색이다. 보스의 얼굴이 피투성이로 변해 있다. 아주 짓이겨진 듯 보이는 코와 입 주변에서 뭉클거리며 피가 솟아나고 있다.

"이… 개… 새… 기야!"

분명치 않은 발음으로 보스가 부르짖는다. 놈의 입속에서

피거품이 부글거린다. 그런 와중에 놈이 철민의 멱살을 틀어잡는다.

"야, 이 씨발 놈아!"

등 뒤에서 사초가 외친다.

철민은 보스의 손을 뿌리친다. 그러나 보스의 우악스러운 손아귀는 쉽게 떨쳐지지 않는다.

"크윽……?"

철민이 별안간 신음을 토해낸다. 왼쪽 옆구리가 불에 데인 듯 화끈하다. 뒤이어 치열한 통증이 일어난다. 순간 철민은 보스의 얼굴을 감싸 잡으며 그대로 이마를 내리찧는다.

퍽!

"크… 윽!"

둔한 비명과 함께 철민의 멱살을 틀어쥐고 있던 보스의 손아귀가 힘없이 풀린다.

뒤통수로 다가드는 서늘한 기운에, 철민이 기겁하며 옆으로 몸을 굴린다. 사초다. 놈의 손에 한 뼘가량의 칼이 들려 있다. 놈이 칼을 곧추세우고 다시 덮쳐든다. 그 노골적인 살의에 철민이 사력을 다해 다시금 옆으로 몸을 굴린다.

그때였다.

쾅!

룸의 문이 거칠게 열리며 한 사람이 뛰어 들어온다. 한상운이다. 곧장 달려온 그가 허공으로 도약한다. 그의 오른발이 허공을 가르며 그대로 사초의 턱주가리를 후려갈긴다.

와당탕~!

테이블을 쓰러뜨리며 사초의 몸뚱이가 룸의 한구석으로 처박힌다. 그러고는 널브러진 채 움직임이 없다.

"괜찮으십니까?"

한상운의 목소리를 듣고 나서야 철민은 참고 있던 숨을 토해낸다. 안도의 한숨이다.

"전 괜찮습니다."

철민이 대답하며 몸을 일으켜 세우는데, 옆구리에서 화들짝 통증이 일어난다. 그러나 그는 슬쩍 옆으로 돌아선다. 한상운에게 다쳤다는 것을 보여주지 않기 위해서다.

통증이 이는 부위에 가만히 손을 대보니 축축하다. 옷이 젖을 정도로 제법 피가 흐른 것 같다. 가만히 허리를 비틀어본다. 대번에 따끔거리고 쓰라리다. 그러나 몸을 못 움직이거나 견디지 못할 정도는 아니었다.

"일단 여기를 빠져나가야겠습니다."

한상운이 곧장 서두른다.

그러나 철민은 단호히 고개를 가로젓는다.

"소영이부터 찾아야 합니다!"

철민의 단호함 때문이었는지 한상운이 고개를 끄덕이며 묻는다.

"소영이가 어디 있는지 아십니까?"

"저자가 알고 있습니다."

철민이 사초를 가리킨다.

한상운이 곧장 놈에게로 다가간다.

짝! 짜~ 작!

한상운이 잇달아 놈의 뺨을 후려갈긴다.

"끙……!"

사초가 된소리와 함께 정신을 차린다. 그러더니 벌떡 몸을 일으키려 한다.

한상운이 놈의 어깨와 목을 눌러 가볍게 제압하며 묻는다.

"소영이 어디 있나?"

"개새끼! 이거 안 놔? 확… 죽여 버린다?"

놈이 바락바락 악을 써댄다.

한상운이 바로 옆에서 뒹굴고 있던 칼을 주워 든다. 놈이 떨어뜨린 칼이다.

"악!"

사초가 화들짝 비명을 토해낸다. 한상운이 놈의 오른쪽 어깨를 깊숙이 찔러 버린 것이다.

철민 또한 덩달아 놀라고 만다. 무심한 얼굴로 손목을 비틀어 칼을 빼내는 한상운은 지독히도 차갑고 잔인하기까지

했다. 철민으로서는 한상운에게 그런 일면이 있을 줄은 미처 상상해 보지 못했다.

"다음은 왼쪽이야! 소영이 어디 있어?"

한상운이 칼끝을 놈의 반대편 어깨에다 대며 묻는다. 아주 태연하고도 조용한 목소리다.

사초의 눈빛이 급하게 흔들린다. 그리고 이내 가늘게 떨리는 목소리를 뱉어낸다.

"지하실에……."

"지하실? 어떻게 가면 돼?"

한상운이 무심하게 묻는다.

사초의 대답이 곧바로 튀어나온다.

"카운터에서 왼쪽 복도로… 곧장 가면 아래층으로 통하는 문이 있소!"

순간 한상운의 수도가 놈의 목 어림을 내리친다.

사초의 몸이 축 늘어진다.

제14장
사투

도대체 무슨 일을 당한 거니?

철민과 한상운은 룸을 나와 곧장 카운터 쪽으로 간다.

웨이터들이 분주하게 다니고 있지만, 두 사람에게 시선을 돌리는 이는 없다.

사초가 말한 대로 카운터에서 왼쪽 복도로 접어들어 끝까지 가자 칙칙한 회색의 철문이 하나 나왔다. 철문을 열고 들어가자, 벽에 달린 작은 비상등 불빛에 희미하게 보이는 계단이 아래를 향해 이어져 있다. 계단을 따라 내려가자 다시 철문 하나가 앞을 가로막는다.

한상운이 가만히 철문의 손잡이를 돌리며 밀어 본다. 그러나 철문은 꼼짝도 하지 않는다. 안에서 잠겨 있는 모양이다.

한상운이 잠시 주변과 천장 등을 살펴본다. 감시 카메라가 없다는 걸 확인하고, 그가 곧장 철문을 두드린다.

쾅! 쾅! 쾅!

철문이 요란하게 울렸고, 잠시 후 안쪽에서 못마땅하다는 기색으로 말하는 소리가 들린다.

"누구요?"

한상운은 거침이 없다.

"누구고, 지랄이고 간에 빨랑 문이나 열어, 새끼야!"

대뜸 욕설이 튀어나와 안에서는 잠시 멈칫거리는 듯했다. 잠깐의 틈을 두고 나서야 다시 반응을 보인다.

"근데… 누구십니까? 누군지 알아야 문을 열 거… 아닙니까?"

조심스러우면서도 사뭇 경계하는 느낌이다.

"아, 그 새끼! 갑갑하게! 야, 이 새끼야! 좀 전에 사초가 확인한 그 계집애, 형님께서 당장 데리고 오라고 하신다! 됐냐, 새끼야!"

다시금 안에서 멈칫거리는 듯해 한상운이 버럭 고함을 지른다.

"이런, 씨발 놈이 진짜……? 당장 문 안 열면, 너 확 쳐 발라 버린다? 이 씨발 놈아!"

덜컹!

문이 열린다.

안쪽은 밝았다. 우선 시야에 들어오는 것은 잡지 몇 권이 아무렇게나 놓인 작은 테이블과 의자 하나였다. 그리고 건장한 사내 하나가 잔뜩 경계하는 기색으로 서 있었다.

한상운이 사납게 노려보며 대뜸 윽박지른다.

"야, 이 새끼야! 너, 나 몰라?"

그 말에 사내는 설핏 당황한다. 그러나 그는 이내 무언가 잘못되었다는 걸 깨닫는 눈치다.

그때, 빳빳하게 세워진 한상운의 손끝이 그대로 사내의 목을 찔러버린다.

"큭!"

목을 움켜잡으며 그대로 주저앉는 사내의 목덜미를 한상운이 다시 수도로 내리친다.

바닥에 얼굴을 대고 엎어진 사내는 더 이상의 움직임이 없었다.

한상운이 철문을 잠그는 사이, 철민은 주변을 살펴본다. 앞쪽으로 그리 넓지 않은 통로가 조금 이어지다가 막힌 벽에 다시 하나의 문이 있었다. 아마도 그 안쪽이 사초가 말한 독방인 듯했다.

안쪽은 캄캄했다.

철민이 대강 짐작하며 벽을 훑어보니, 스위치가 잡혔다. 천장에 달린 작은 원통형의 형광등이 밝혀졌다.

아무 무늬도 없는 회색의 벽과 갈색의 천장으로 된 방에는 침대 하나만이 동그마니 놓여 있다. 그리고 침대 위! 얇은 담요를 뒤집어쓴 채 누군가 누워 있는 윤곽이 뚜렷하다.

철민은 조심스럽게 담요의 윗부분을 조금 걷는다.

얼굴 하나가 드러난다. 원래는 짙게 화장했던 모양인데, 엉망으로 지워지고 번져 있었다. 게다가 눈두덩이며, 이마는 온통 검푸르게 멍이 들거나, 혹은 시뻘겋게 생채기가 나 있다. 설핏 낯이 설었다. 그러나 철민은 이내 알 수 있었다. 그 엉망이 된 얼굴이 바로 소영이라는 것을!

"소영아……!"

잔뜩 억눌린 소리가 나왔다. 철민은 담요를 확 걷었다. 순간 그는 다시금 경악하고 만다. 소영이는 실오라기 하나 걸치지 않은 알몸이었다.

곧바로 다시 담요를 덮어 주었지만, 소영이의 벌거벗은 몸이 잔상처럼 남는다. 소영이의 몸은 만신창이였다. 온몸에 멍자국이 선명했는데, 군데군데 피멍까지 들어 있었다.

철민은 두 주먹을 으스러져라 움켜쥐었다. 온몸이 덜덜 떨린다.

옆에서 보고 있던 한상운이 담요 위로 소영이의 어깨를 잡고 흔든다.

"소영아! 정신 차려! 눈 좀 떠 봐!"

몇 번을 강하게 흔들고 나서야 소영이가 힘겹게 눈을 뜬다. 그러나 퀭한 눈동자는 초점을 잡지 못하고 멍하기만 하다.

철민은 몸을 숙여 소영이의 두 눈을 들여다보며 외친다.

"소영아! 날 봐! 날 보라고!"

그제야 소영이의 눈이 파르르 떨리며 설핏 초점을 잡는 듯하다. 그러나 철민을 알아보지는 못하는 듯, 그녀의 눈동자는 이내 멍한 빛으로 되돌아가고 만다.

"소영아! 도대체 무슨 일을 당한 거니?"

철민의 목소리에서 억눌린 울음이 묻어 나온다. 뒤이어 찾아든 것은 극렬한 분노다. 그가 부드득, 이를 갈며 씹어뱉는다.

"이… 죽일 놈들!"

사투

쾅! 쾅! 쾅!

바깥에서 갑작스러운 소란이 일었다. 출입문을 두드리는 소리에 이어, 잠긴 문을 아예 부수려는 듯 해머로 내리치는 듯한 굉음이 전해져 온다.

"놈들이 눈치챈 것 같습니다!"

한상운이 빠르게, 그러나 차분하게 말했다.

"어떻게 하지요?"

철민이 다급하게 물었다.

그러나 한상운은 여전히 침착하다.

"잔뜩 몰려왔을 테니, 소영이까지 데리고 나가기는 어려울 것 같습니다."

"소영이를 두고 갈 수는 없습니다."

지레 선언해 둔다는 듯 철민의 목소리가 높아진다.

한상운이 순순히 고개를 끄덕인다.

"차라리 여기서 버티는 편이 낫겠습니다."

"버틴다고요? 저들이 곧 들이닥칠 텐데… 과연 우리가 얼마나 버틸 수 있을까요?"

철민의 목소리가 암담하다.

한상운이 차분하게 대답한다.

"강 대리가 우리를 구하러 올 겁니다."

"우리가 이런 지하실에 갇혀 있는데, 강 대리가 찾을 수나 있을까요?"

"강 대리라면 무슨 수를 써서든 우리를 찾아낼 겁니다. 다만… 얼마나 빨리 오느냐가 문제겠지만!"

한상운의 얼굴이 설핏 어두워진다. 그러나 그는 곧 담담한 미소를 떠올린다.

"그러나… 강 대리가 늦지 않게 오리라고, 저는 믿습니다."

철민 또한 희미한 미소를 떠올린다.

한상운의 미소는 마지막으로 걸어보는 최후의 희망 같은 것이리라. 그런 터에 그는 계속 죽을상을 하고 있을 수 없었다.

철민이 소영이의 담요를 여며준다. 그리고 가만히 말한다.

"소영아! 널 버리고 가지는 않을게! 반드시 널 데리고 갈게!"

드르르~ 륵!

철민이 소영이가 있는 방을 막 나서는데, 바깥으로부터 강한 소음이 들려와 고막을 울린다. 이제 드릴까지 동원된 모양이다.

한 발 앞서간 한상운은 철문 앞에다 테이블이며 의자 등을 쌓고 있다. 아무 소용없는 짓으로 보이긴 하지만, 손 놓고 있을 수는 없으니 무엇이라도 해본다는 심정이리라.

철민이 한상운이 있는 쪽을 향해 두어 걸음쯤 옮겼을 때다.

콰~ 앙!

철문이 거칠게 열어젖혀졌다. 그리고 일단의 사내들이 우르르 안으로 쏟아져 들어온다.

한상운이 어디서 구한 것인지 기다란 각목을 휘두르며 곧장 놈들과 부딪치고 있다.

철민은 곧장 앞을 향해 달린다. 쿵쿵대는 스스로의 발소리가 온몸을 격렬하게 일깨우는 듯하다. 쿵쾅거리는 심장의 거친 울림이 고스란히 느껴진다. 두렵지는 않다. 차라리 거세게 치솟는 격동만이 그의 전부를 온통 채우고 있다.

"죽여!"

누군가에게서 거친 고함이 터져 나온다.

쇠파이프에, 각목에, 일본도까지 각종의 무기들이 난무하는 와중 한상운이 맹렬하게 각목을 휘두르며 사내들의 진입을 막고 있다.

철민이 한달음에 달려갔으나, 한상운의 고군분투에 곧장 합류하지는 못한다. 그다지 넓지 않은 통로의 공간에서 한상운이 기다란 각목을 맹렬히 휘두르는 것만으로도 그가 끼어들 여지가 없을뿐더러, 그 살기등등한 격렬함에는 막상 어떻게 끼어들 엄두가 나지 않는다. 그가 한상운의 등 뒤에서 몇 발짝 떨어져 조바심만 내고 있을 때다.

사내들의 공세가 한순간 거세지더니 한상운이 주춤주춤 뒤로 밀려나는데, 그런 와중에 사내 하나가 한상운을 지나쳐 안으로 달려 들어온다.

철민은 차라리 멍해지고 만다. 무엇을 어떻게 해야 할지 머릿속에 하얗기만 하다. 그런데 곧장 그에게로 돌진해 오던 사내가 발이라도 미끄러졌는지 갑자기 휘청하더니, 중심을 놓치며 고꾸라지듯이 그를 덮쳐 온다.

철민은 반사적으로 뒤로 몸을 뺀다. 그러곤 그대로 오른발을 차올린다.

퍽!

사내의 얼굴이 위로 홱 쳐들린다. 그러나 이미 무너지고 있는 몸을 이기지 못해 놈은 다시 바닥에다 얼굴을 처박고 만다. 철민이 그런 놈에게로 다가들며 꿇어앉듯이 하면서 무릎으로 놈의 머리를 찍어 버린다.

쿡!

사내의 얼굴과 맞닿은 바닥이 곧장 피로 흥건해진다. 사내는 아예 움직임이 없다.

철민은 세차게 고개를 흔든다. 그제야 정신이 드는 듯하다. 방금 전 일련의 행위를 그가 작정하고 한 건 아니다. 그냥 반사적이었다. 혹은 본능적이었든지. 그러나 그런 걸 따지고 있을 틈은 없다. 다시 한 놈이 한상운을 뚫고 달려오고 있다.

철민은 그대로 얼어붙고 만다.

놈이 높이 치켜들고 있는 일본도 때문이다.

뛰걸음에 이어 놈이 펄쩍 도약한다. 그리고 그 시퍼런 칼날이 곧장 철민의 정수리로 떨어져 내린다. 아아! 그대로 몸이 두 동강으로 쪼개지고 말 듯하다. 극한의 공포가 일어난다. 심장이 터질 듯하다. 온몸의 피가 세차게 돈다. 머리는 오히려 차갑게 식는다.

그때다. 느려진다. 눈앞의 광경들이 느려지고 있다. 아아! 슬비다.

일본도는 머리 위 두 뼘쯤 위에 있다. 아래로 떨어지고 있는 중이다. 천천히! 철민은 허리를 비튼다. 그 자신의 움직임도 더불어 느렸기에, 그는 가까스로 일본도의 낙하 궤적에서 상반신을 비켜 낸다.

그리고 그의 '완빤치'가 놈의 관자놀이에 틀어박힌다. 천천히! 정확히!

팍!

놈이 바닥으로 허물어진다.

챙~!

일본도가 바닥에 떨어지며 내는 금속성이 날카롭게 고막을 울린다. 그리고 모든 것은 원래의 속도로 돌아온다.

철민은 다리를 휘청거린 끝에 무릎을 꿇고 만다. 아찔한 현기증이 지나가고 있다. 곧이어 손끝 하나 까딱할 수 없는 무기력증이 찾아든다. 부작용의 강도가 세다. 그만큼 슬비가 급박하게 펼쳐진 것이리라.

격렬한 공방 중 한상운이 힐끗 뒤를 돌아보았다. 철민이 걱정된 것이리라.

그런데 그 잠깐의 틈 때문이었을까? 칼끝 하나가 한상운의 어깨를 베고 지나간다. 한상운의 움직임이 일시에 흐트러졌고, 그 틈에 한 놈이 한상운의 옆을 통과한다.

쇠파이프를 앞세운 놈이 곧장 철민을 향해 달려온다. 그에 철민은 더 이상 어지럼증이나 무기력을 핑계 삼을 수 없었다.

철민은 다시 한 번의 슬비를 떠올린다. 그러나 곧바로 체념하고 만다. 슬비 자체가 그의 의지대로 되는 것도 아니고, 더욱이 방금 전의 부작용에서 미처 회복되지 않은 상태이니 다시 한 번은 도저히 가능하지 않을 것 같다.

퍼뜩 철민의 눈에 들어오는 것이 있다. 바로 근처에 나뒹굴고 있는 일본도다. 그는 생각할 여지도 없이 일본도를 집어 든다.

놈이 곧장 쇠파이프를 휘둘러 온다.

피할 여지도 없거니와, 그럴 기력도 없다. 철민은 놈과 정면으로 버티고 선다. 그리고 일본도를 눕혀 몸의 목을 겨누고는 성큼 앞으로 밀고 들어가며 곧장 칼을 찔러 낸다.

그 순간 철민은 이상하게도 두려움 따위가 느껴지지 않는다. 오히려 격한 충동 같은 것에 온통 사로잡혀 있는 듯하다. 놈이 휘두르는 쇠파이프에 머리가 터지는 한이 있더라도 끝내 놈의 숨통을 끊어놓고 말리라! 죽여 버리고 말리라!

놈의 두 눈이 부릅떠졌다. 거기에 비치는 당황조차도 선명하게 느껴진다. 다음 순간 놈은 자신의 공세를 먼저 흩뜨리며, 급급히 몸을 비튼다.

그러나 놈은 철민의 칼끝을 완전히 피해내지는 못했다.

"윽!"

짧은 비명과 함께 놈이 왼쪽 어깨를 감싸 쥔 채 주춤주춤 뒤로 물러난다. 놈의 손아귀 사이로 붉은 피가 비쳤다.

철민의 충동은 여전히 격렬하다. 그는 칼을 겨눈 채 놈을 쫓아간다.

놈이 질린 얼굴로 주춤주춤 물러난다.

빡!

한상운의 각목이 뒤에서 놈의 대갈통을 후려친다.

바닥에 고꾸라진 놈을 가볍게 뛰어넘은 한상운이 앞쪽을 경계하며 천천히 뒷걸음으로 물러난다.

철민은 확연히 느낄 수 있었다. 한상운이 많이 지쳐 있다는 것을! 그의 호흡이 어깨의 오르내림이 뚜렷이 보일 정도로 가빠져 있었다.

놈들의 숫자가 생각보다 많다. 한상운이 뒤로 물러서자, 미처 들어오지 못하여 출입문 바깥에 있던 놈들까지 한꺼번에 우르르 안으로 밀려드는데, 이미 쓰러진 놈들을 제외하고도 열대여섯은 넘어 보인다.

처절한 사투 중 한상운과 철민은 주춤주춤 한 발씩 뒤로 밀려나고 있다. 그 거리만큼 놈들이 악착스레 좁혀 든다.

철민은 조금이라도 한상운에게 힘을 보태고 싶은 마음이야 간절했다. 그러나 그도 지쳤다. 스스로의 몸을 가누고 있는 것조차 버거울 만큼! 그저 죽어라 일본도의 손잡이를 움켜잡고서 억지로 버티고 서 있는 것밖에 달리 할 수 있는 게 없다.

철민은 흘깃 뒤를 돌아본다. 통로의 끝이 바로 등 뒤로 가까워져 있다. 몇 걸음만 더 밀리면 더 이상은 물러날 데조차 없다.

"허읍!"

"허읍!"

한상운의 숨소리가 거칠다. 그는 이제 거의 한계에 도달한 것 같다.

'도대체 뭘 하고 있는 거지?'

철민은 처음으로 강혁수를 원망해 본다. 그만이 유일한 희망인데, 그가 올 거라는 희망 한 조각으로 처절하게 버티고 있는데, 도대체 그는 왜 아직까지 오지 않는가? 지금 도대체 어디서 무엇을 하고 있단 말인가?

'그냥 항복을 해버릴까?'

따지고 보면 결국은 모든 게 돈 때문에 벌어진 일이다. 어떻게 돈 몇 푼 더 손에 쥐어보겠다고!

그러니 이쯤에서 항복하고, 돈을 더 주겠다고 하면?

10억이 아니라 50억, 아니 아예 100억을 주겠다고 하면?

그러면 이 모든 사태가 한순간에 해결되지 않을까?

타앙!

고막을 찢어발길 듯한 굉음이 온 공간을 떨어 울린다.

'총성이다!'

철민은 대번에 직감했다. 그가 알고 있는 한, 총성 외에는 이 정도의 충격파를 만들어낼 수 있는 소리가 없다.

앞쪽의 철문 바깥에서 울린 그 한 방의 총성은, 주변의 모든 것을 일시에 멈추게 만들었다.

"경찰이다!"

"모두 무기를 버리고 바닥에 엎드려!"

"모두 바닥에 엎드려!"

호통이 잇달아 터져 나온다.

헬멧과 보호 장구, 그리고 진압봉으로 무장한 일단의 무리가 안쪽으로 진입하고 있다. 경찰이다. 다시 그 뒤를 이어 사복 차림의 서너 명이 들어오는데, 그중 선두에 선 사람이 위로 높다랗게 들어 올리고 있는 손에 권총이 들려 있었다.

조폭들은 감히 반항하지 못한다. 순순히 바닥에 엎드린 그들의 손에 경찰들이 재빠르게 수갑을 채워 나간다.

철민은 허물어지듯이 바닥에 주저앉고 만다. 이윽고 몸을 지탱하고 있던 마지막 한 가닥의 힘까지 소진되고 만 듯한 허탈감이 몰려든다.

한상운 또한 바닥으로 허물어진다.

가쁜 숨을 몰아쉬느라 연신 들썩이는 한상운의 어깨와 팔과 옆구리 등 몸의 몇 군데에 선명하도록 붉은 자국이 번지고 있는 것을, 철민은 그제야 발견한다.

"괜찮아요?"

철민이 걱정스레 묻자, 한상운은 그저 싱긋이 웃고 만다. 그러더니 그는 오히려 두 눈을 크게 뜨며 되묻는다.

"대표님? 거기… 괜찮으십니까?"

한상운 역시 철민의 옆구리의 상처를 이제야 발견하고서 내놓은 반응일 터다.

철민이 손바닥으로 슬쩍 옆구리 쪽을 쓸어 보니 흥건히 피가 묻어난다. 그리고 문득 쓰라리고 욱신거렸다.

철민과 한상운이, 당장 서로에게 할 말이 떠오르지 않아 그저 마주 보며 어색하게 웃을 때였다.

"대표님!"

누군가 앞쪽에서 부른다. 귀에 익은 목소리였지만, 강혁수의 것은 아니다.

얼른 뒤를 돌아본 철민은 저도 모르게 왈칵 격정이 치밀었다.

"박 소장님!"

박 소장이었다. 사회문제연구소의 박 소장!

박 소장의 뒤에는 환하게 웃는 얼굴로 강혁수가 서 있다.

박 소장에 대한 격정에 비하면, 강혁수의 환한 웃음에는 순간 괜한 원망이 불쑥 생기기도 했지만, 그보다는 역시 반가움이 앞섰기에 철민 또한 환하게 웃어주었다.

제15장
내가 정말 미안하다

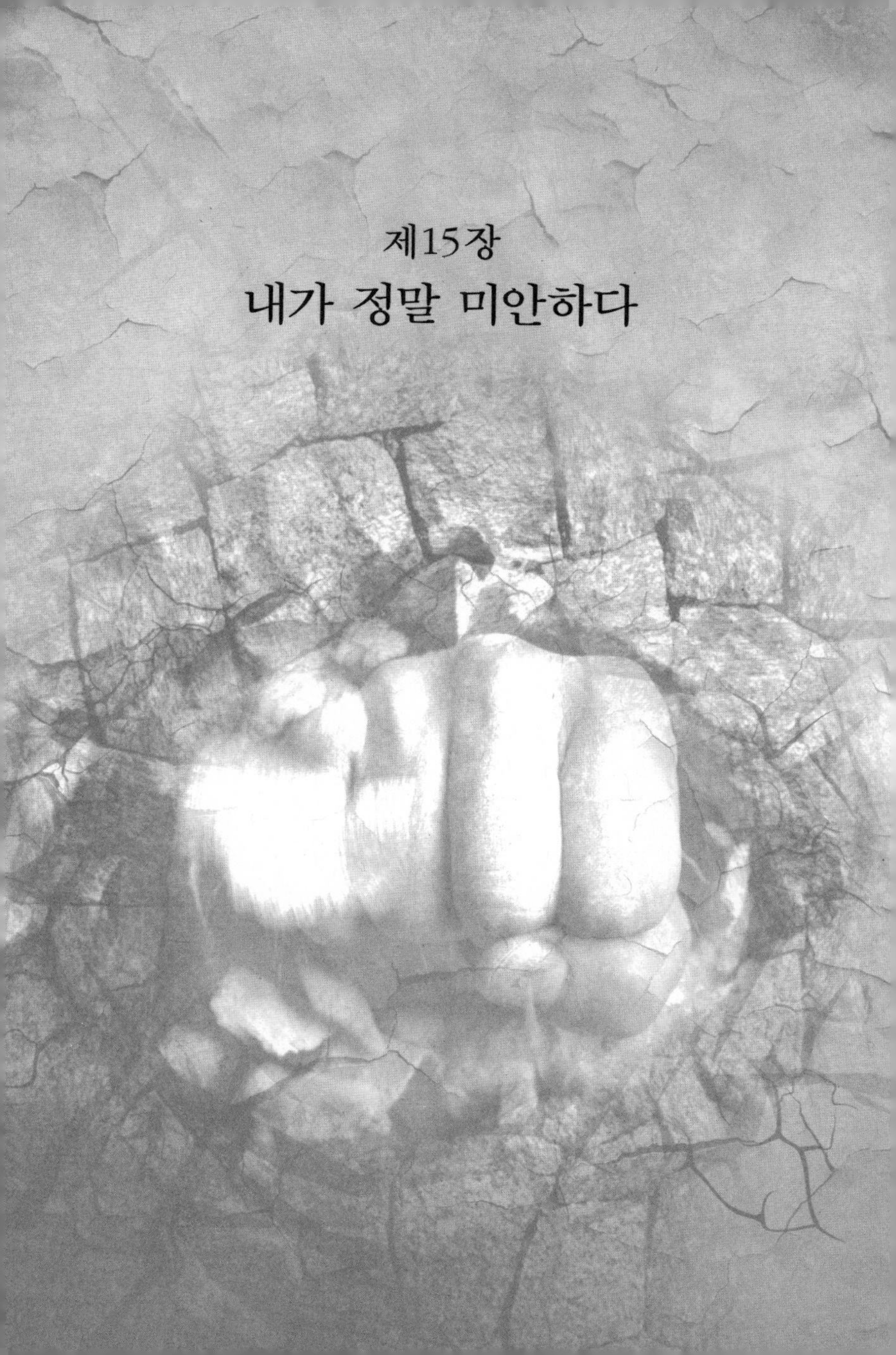

응급실

소영이와 철민, 그리고 한상운은 구급차를 타고 병원 응급실로 이동했다.

의사와 간호사들이 우선 소영이에게 붙어 복잡한 선들이 주렁주렁 달려 있는 의료 기기를 분주히 설치하고, 또 눈동자의 상태와 호흡을 체크하는 등 응급처치에 들어가는 것을 보고 나서야 철민과 한상운도 응급실 한쪽에서 각기 처치를 받았다.

한상운의 상처는 생각보다 깊지 않아 소독하고 약을 바른 다음, 붕대를 감는 것으로 비교적 간단하게 처치가 끝났다.

생각 외로 중하다는 진단을 받은 것은 철민이었다. 핀셋으로 상처 부위를 헤집어 가며 살펴본 의사가, 대뜸 몇 가지 정밀 검사가 필요하다며 이런저런 검사에다 X—ray까지 찍어 오란다.

'응급' 마크 덕분에 철민이 가는 곳마다 일순위로 검사를 받을 수 있었다.

응급실 의사는, 철민의 옆구리의 상처가 외형은 크지 않지만 조금만 더 깊이 찔렸으면 내장까지 상했을 정도로 위험했다고 말했다. 또한 그런 상태에서 적절한 처치도 없이 계속 과격하게 움직인 탓에 상처가 악화되었는데, 심각한 2차 감염까지도 우려된다고 했다.

그리하여 내려진 처방은, 즉시 수술을 해야 하고, 이후 한동안 경과를 보면서 추가적인 조치를 해보자는 것이었다.

철민은 당장 실감이 되지 않았다. 그러면서도 한편으로는 '잘됐다!'는 생각이 들기도 할 때 마침 한참 보이지 않던 한상운이 오기에 철민이 슬쩍 농을 친다.

"안 그래도 심신이 지쳤는데 한동안 입원을 해야 한다니, 이참에 푹 좀 쉬고 나가는 것도 괜찮겠네요! 어떻습니까? 한 대리님도 저랑 같이 입원하는 걸로 하죠? 이 병원에서 제일 좋은 특실로 잡아서 말입니다! 하하하!"

재미없는 농담이라도 대충 웃어주면 좋으련만, 한상운은 웃는 듯 마는 듯 애매한 표정이다.

어색한 김에 철민이, 응급실까지는 따라온 것을 본 강혁수와 박 소장은 지금 어디에 있는지 물어보려고 할 때였다.

흰 가운을 입은, 그러나 의사는 아니고 아마도 남자 간호사인 듯한 사람이 와서는 즉시 수술실로 가야 한다며 철민의 침대를 민다.

철민은 그제야 수술을 받아야 한다는 것을 실감하는 동시에 덜컥 겁이 났다. 그나마 한상운이 침대 옆으로 따라붙는 모습에 약간의 안도감을 가져본다.

철민의 침대가 응급실을 가로질러 가는 도중 응급실 안의 분위기가 갑자기 분주해졌다.

"선생님!"

간호사가 다급하게 의사를 부르는 소리! 의사가 급하게 뛰어가는 소리! 다시 뭐라고 빠르게 지시하는 소리!

소란의 중심이 되는 곳이 아까 소영이가 누운 침대가 있던 쪽인 것 같기도 해서, 철민은 고개를 뒤로 돌려본다. 그러나 한상운에게 가려져서 보이지 않는다. 그런 와중에 그가 누운 침대는 응급실의 자동 출입문을 빠져나간다.

소영이가… 왜요?

“김철민 씨! 정신이 드세요? 김철민 씨! 눈 좀 떠 보세요!”

마취에서 깰 때의 느낌이란, 마치 까맣게 꺼졌던 화면에 밝은 점 하나가 찍히면서 조금씩 환해지는 것 같다.

그리고 공중에 둥둥 떠다니는 기분으로 철민은 어디론가 옮겨진다.

그런 와중에 서서히 의식이 돌아오고 있다.

오염된 환부를 넓게 도려내고 다시 봉합하는 결코 간단치 않은 수술이라고 했다. 그러나 수술 부위에서는 통증은커녕, 어떤 감각도 느껴지지 않는다. 아직 거기까지는 마취가 다 풀리지 않았기 때문일까?

철민은 침대 바로 옆에 난 커다란 유리창으로 바깥 풍경을 바라보았다. 서울 시내가 한눈에 들어온다. 그리고 다시 병실 내부를 둘러본다. 실내가 제법 넓다. 한쪽으로는 제법 격을 갖춘 응접세트까지 놓여 있다.

‘특실이라도 되나?’

불쑥 생각이 미친다. 뒤이어,

‘정말 특실을 잡았다는 말인가?’

하는 생각까지 이어져 그는 괜히 쓴웃음이 지어진다.

똑! 똑! 똑!

노크 소리가 나더니, 조용히 병실의 문이 열린다.

한상운이다.

그런데 그는 왠지 무표정해 보였다. 철민의 침대 옆으로 와서도 아무 말 없이 우두커니 서 있기만 했다.

수술을 끝내고 방금 마취에서 깨어나면 최소한 '좀 어떠냐?' '괜찮으냐?'는 정도의 말은 물어봐 줘야 하는 것 아닌가?

섭섭한 마음이 들었지만, 철민은 우선 궁금한 것이 따로 있었기에 결국 먼저 말을 꺼낼 수밖에 없었다.

"소영이는 좀 어때요?"

한상운이 잠깐의 틈을 두고 나서야 대답한다.

"지금… 자고 있습니다!"

사뭇 불퉁하게 들리는 투다. 마치 대답하는 것조차 내키지 않는다는 듯이 느껴지기도 한다.

'왜 저래? 뭐 기분 나쁜 일이라도 있나?'

그런 생각까지 드는 마당이라 철민은 다시 말을 섞고 싶지 않았다.

그때 병실의 문이 열리며 누군가 들어온다.

강혁수다.

철민은 반가운 마음에 선뜻 말을 걸려다가 그만두었다. 강혁수 또한 잔뜩 무거운 인상이었기 때문이다.

"저… 대표님."

강혁수가 사뭇 조심스럽게 입을 연다.

"왜요?"

철민이 조금쯤 퉁명스레 받는다.

"소영이가… 소영이가 말입니다."

강혁수가 더 이상 무거울 수 없는 표정을 지었다.

순간 철민은 뭔지 모르게 싸해지는 기분이었다. 뭔가 아릿한 것이 가슴을 치고 지나가는 느낌이다.

"소영이가… 왜요?"

철민의 목소리가 저도 모르게 떨려 나온다. 그리고 곧바로,

"무슨 일입니까?"

라는 말이 터져 나온다.

"죽었습니다!"

강혁수가 잔뜩 억눌렸던 것을 겨우 토해내듯이 뱉었다.

순간 철민은 아득해지고 만다. 망치로 머리를 얻어맞은 듯하다.

'지금 도대체 무슨 말을 들은 거지……?'

그러나 철민은 그게 무슨 말이냐고, 다시 물어볼 엄두를 내지 못했다.

내가 정말 미안하다

제대로 펴 보지도 못하고 져버린, 이제 겨우 열일곱의 소녀!

그녀의 사인은 심장마비였다. 치사량을 넘는 다량의 마약 투여로 인한!

철민은 스스로를 병실에 가둬 버렸다.

한 발자국도 밖으로 나가고 싶지 않았다.

자신이 병실 밖으로 발을 내딛는 순간이, 소영이의 죽음을 최종적으로 확정하는 마지막 절차가 되는 것만 같았다.

박 소장과 육 소장이 병실에 왔다 갔다.

철민은 그저 눈으로만 그들을 맞이하고 또 보냈다. 마치 실어증에 걸린 사람처럼.

강혁수와 한상운이 번갈아 가며 병실에 들러 상황을 보고했다.

그러나 철민은 그런 보고 따위 듣고도 듣지 않은 체했다.

소영이의 아버지에게, 아니 아비라는 인간에게 연락을 취해서 사정을 설명했다고 한다. 그러나 그 아비라는 인간은, 아버지를 감옥에 보낸 년이 어떻게 자식이냐며, 자신과는 이미 상관없어진 지 오래라고 소리를 질렀다고 한다. 심지어 딸의 시신조차도 인수하지 못하겠다며, 버리든 태우든 알아서 하라는 말과 함께 전화를 끊어버렸다고 한다. 다시 몇 번이나 더

통화를 시도한 끝에 겨우 소영이의 어머니에게 연락이 닿았는데, 그녀 또한 남편의 허락 없이는 자신이 할 수 있는 일이 없다는 말만 되풀이했다고 한다.

육 소장이 조심스럽게, 낙원상가 관리사무소의 명의로라도 소영이의 장례를 치르면 어떻겠느냐는 얘기를 했다.

소영이의 부모가 시신 인수를 거부하는 이상, 무연고 시신으로 처리되어 시립 화장터에서 화장된 다음, 다시 무연고실에 10년 동안 안치되었다가 자연에 뿌려지게 될 거라는데, 인정상으로 그렇게 되도록 둘 수야 있겠느냐는 요지다.

철민이 묵묵히 고개를 끄덕이자, 육 소장은 사뭇 안도가 된다는 기색으로 다시 말을 잇는다. 사실은 그것에 관해서 박 소장과는 이미 논의를 했었는데, 박 소장이 경찰 및 병원 측과 먼저 협의를 거친 다음 소영이의 부모를 직접 만나고 왔다고 했다.

'잠시지만 소영이가 낙원상가 관리사무소에 적을 두었던 인연이 있으니, 정 소영이의 장례를 치르지 못할 형편이면 관리사무소 측에서라도 나서서 장례를 치러 줄 용의가 있다. 그러니 장례에 관한 모든 사항을 위임해 달라!'

박 소장이 그렇게 뜻을 전했더니, 그 아비라는 인간이 대뜸 소영이의 월급에 대해 관심을 가지더란다. 혹시 미지급된 돈이 있지는 않느냐고. 그래서 이렇게 시키지도 않은 짓을 하려는 것 아니냐고.

박 소장이 기가 차 있을 때, 옆에서 듣고 있던 소영이 어머니가 "네가 그러고도 인간이냐?"고 울부짖으며 남편에게 달려들었고, 그러고 나서야 위임장을 받아 올 수 있었다고 한다.

"이미 며칠이 지났으니, 장례라고 해봐야 오늘 중에 입관을 포함한 모든 절차를 마치고, 내일 아침에 곧바로 발인하여 화장을 하면 될 것인데… 이래저래 계산해 보니 그래도 100만 단위로는 비용이 들 것 같습니다. 그래서……!"

육 소장의 말이 더 이어지기 전에 철민은 다시 고개를 끄덕여 주었다.

육 소장은 한결 가벼운 표정이 되어 병실을 나갔다.

지난밤 철민은 뜬 눈으로 밤을 새웠다.

어김없이 아침이 밝아 온 창밖에는, 때늦은 눈발이 흩날리고 있다.

눈발 사이로 소영이의 앳된 얼굴이 스쳐 지나간다.

흰털 구름처럼 정갈하게!

형체 없는 바람처럼 가볍게!

'내가 정말 미안하다!'

'뭐가요? 뭐가 미안한데요?'

'다… 모두 다…….'

'대표님이 왜요?'

'그냥… 그냥 미안하다……!'

새삼 꾸역꾸역 자책감이 밀려든다.

차라리 처음부터 관여하지 않았더라면……!

끝까지 책임도 못 질 거면서.

결국 이렇게 되고 말리라는 데까지는 미처 생각조차 해보지 못했으면서.

주제넘게, 쥐뿔만도 못한 동정심과 정의감 따위를 앞세워 괜히 개입한 것이 아닌가?

그리하여 결국에는 그녀를 죽이고 만 것이 아닌가?

그의 주제넘은 개입이 아니었다면, 그녀는 죽지 않았을지도 모른다.

그리하여 설령 그녀가 불행한 삶을 산다고 할지라도…….

죽음보다 더 불행한 삶이 어디 있단 말인가?

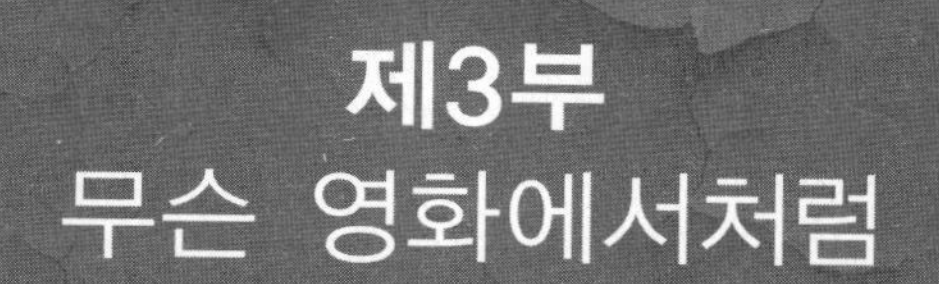

제3부
무슨 영화에서처럼

제1장
떠나다

타협

세상의 그 무엇도 시간을 이기지는 못한다.

철민은 퇴원을 했고, 아무 일도 없었다는 듯이 낙원상가 관리사무소로 출근을 했다.

사람들 또한 아무 일도 없었다는 듯이 철민을 맞아 주었다.

관리사무소는 예전의 일상이 다시 시작되는 듯했다.

아무도 그 일에 대해 말하지 않았다.

조만간 저절로 깨어지고 말지언정 누구도 먼저 나서서 깨고 싶지는 않아 하는 것처럼, 일상은 그렇게 조심스럽고도 위태로운 느낌으로 흘러가고 있었다.

"그쪽 바닥의 생태상 뒤탈이 생길 수도 있으니, 미리 손을 좀 써놓는 게 좋을 것 같습니다!"

그 일에 관련해 처음으로 말을 꺼낸 것은, 병원에서 본 이후 처음으로 관리사무소에 들른 박 소장이었다. 그리고 박 소장이 말하는 뒤탈이란, 조폭이라는 벌집을 건드린 후환을 의미하는 것일 터이다.

철민은 굳이 박 소장의 조언을 구한다고 먼저 말하지는 않았다. 박 소장이 일부러 찾아와서 말을 꺼낸 이상, 무슨 대안을 가지고 왔다는 뜻일 테니까. 그리고 박 소장이 그런 계통으로도 상당한 수완이 있다는 것을 이미 알고 있는 바이기도 하다.

"그런 부류들에게 제일 약발이 잘 먹히는 곳은 역시 검찰이지요! 마침 제가 잘 아는 검사가 있는데, 한번 만나 보시겠습니까?"

그러면서 박 소장은 일련의 부가 설명을 덧붙인다.

검찰이 조폭에게 약발이 잘 먹히는 이유? 다시 말해, 조폭이 검사를 껄끄러워하거나 혹은 두려워하는 이유는 단적으로 검찰의 강력한 조직력에 있다. 즉, 만약 어느 검사 하나와 껄끄러운 관계가 되면, 곧이어 검찰 전체의 표적이 된다는 것이다.

멀쩡한 사람도 털면 먼지가 나는 게 사람 살아가는 세상이니, '구린 데가 많은 곳'에서야 오죽할까? 그야말로 '털면 다 나오게 되어 있어!'란 것이다. 물론 구린 데가 많은 곳일수록 거금과 시간을 들이고 갖은 노력을 다해 이런저런 보험을 들었을 테지만 그러나 보험에도 한계가 있는 법! 검찰 차원에서 작정하고 덤벼들면 세 발의 피에 불과하다. 그러니 검사를 껄끄러워하고 겁낼 수밖에 없다. 검사 하나쯤 어떻게 해버리는 거야 그리 어렵지 않겠지만, 그 후환이 두렵다고나 할까? 그런 점에서 본다면, 아이러니하게도 검찰과 조폭은 유사한 점이 많은 조직이라고 할 수도 있겠다.

철민은 박 소장의 조언을 받아들였다. 그러나 박 소장이 잘 안다는 그 검사를 굳이 직접 만나고 싶지는 않았다. 어차피 필요한 것은 돈일 테니 말이다.

박 소장에게서 문제의 '그쪽 바닥'과는 원만한 타협을 봤다는 연락이 왔다.

이쪽에서 먼저 성질을 건드리지 않는 한, 그쪽에서 도발하는 일은 없을 것이라고.

그러면서 박 소장은 '잘 아는 검사'의 적극적인 중재에 대해 은근히 강조를 했다.

철민은 한상운에게 말해 놓을 테니, 박 소장이 알아서 적당히 감사 표시를 해달라고 했다.

"명품급의 시계를 하나 선물했습니다."

한상운의 보고였다.

이어 한상운은 경비 처리를 어떻게 할까를 물었다.

즉, 상가의 관리비 명목으로 기간 상각 처리할 것인지, 아니면 철민이 개인적으로 쓴 것으로 처리할 것인지를 묻는 것이다.

그에 대해 철민은 후자로 처리하고, 그런 만큼 다른 사람들은 알지 못하도록 하라고 지시했다. 그리고 한상운이 따로 관리하는 통장으로 2천만 원을 입금시켰다.

떠나다

"대표님! 요즘 많이 피곤해 보이십니다! 분기 정산 때까지는 별로 바쁠 것도 없으니, 좀 느긋하게 쉬시죠! 한 며칠 어디 여행을 다녀오시는 것도 괜찮을 것 같고… 그 왜 피정이라는 것도 있지 않습니까?"

철민의 기색이 내내 어두웠는지, 육 소장이 슬쩍 말을 꺼낸다.

그 말 중 여행이라는 단어가 불쑥 마음에 와 닿아서 철민이,

"피정이요?"

하고 슬쩍 관심을 보였다.

그러자 육 소장이 당장에 적극성을 띤다.

"예! 성당 같은 데서 가끔 어디 조용한 곳으로 떠나 명상도 하고, 수련도 하는 걸 그렇게 말하는데, 어쨌든 마음이 심란하고 복잡할 땐 어디론가 훌쩍 떠나는 것만큼 괜찮은 처방도 없지요!"

육 소장은 아마 철민이 아직도 소영이의 죽음에 대한 충격에서 벗어나지 못하고 있다고 판단하고 또 걱정하는 듯했다.

사실은… 그랬다.

표시를 내지 않으려 무진 애를 쓰고 있었지만, 철민은 소영이의 죽음이 던진 파장에서 여전히 벗어나지 못하고 있었다.

*　　　*　　　*

사람들은 벌써 겨울이 다 가고 완연히 봄이 왔다고 성급한 얘기를 하고 있지만, 철민은 아직도 춥다. 마음이 시리다.

요즘 들어 자신도 모르게 잠깐잠깐 멍해지는 경우가 잦다.

그러다 또 어디 깊은 바닷속으로 가라앉는 듯한 느낌에 빠져들곤 한다. 그럴 때마다 허우적거리듯이 기를 쓰고 나서야 빠져나올 수가 있었는데, 그래도 다시 깊은 무력감과 우울감이 여운처럼 남아서 그를 짓누른다.

혼란스럽기도 하다. 그가 지금 무엇을 위해 살고 있는지! 또 앞으로 어떻게 살아가야 되는지!

여행! 피정!

철민은 문득 떠나고 싶다는 생각을 한다. 이 추악하고 혐오스러운 세상으로부터! 잠시라도!

물론 그렇더라도 당장에는 막막하기만 하지, 구체적인 마음까지 드는 것은 아니다.

아직도 추위가 풀리지 않았는데, 막상 여행을 가려 해도 어디로 간단 말인가?

따뜻한 해외로? 아직 한 번도 나가 보지 않았다는 낯섦과 두려움 때문인지 모르겠지만, 해외로 나갈 마음까지는 또 들지 않는다.

그렇게 해서 그는, 어디론가 떠나 버리고 싶다는 그 잠깐의 욕구는 일단 접어두기로 한다.

철민은 아침에 출근 준비를 하다가 짜증이 났다.

얼마 전까지만 해도 출근하는 것은 그 행위 자체만으로도 그에게 일상의 즐거움 중 하나였다. 그런데 갑자기 그것이 피하고 싶은 현실의 일부분이 된 듯한 느낌이다.

출근이 더 이상 즐겁지가 않다. 출근해야만 한다는 어떤 의무나 강박으로 다가오는 것만 같다.

만사가 다 귀찮아진다.

철민은 다시 책상에 앉아서 노트북을 편다.

어젯밤에 이미 봤던 뉴스와 온갖 세상사가 지루하게 재탕되고 있다.

갑자기 피곤이 밀려온다.

정말 어디론가 훌쩍 떠나 버리고 싶어진다. 세상과 격리된 곳으로!

여행! 피정!

일단 접어 두었던 그 잠깐의 욕구가 갑자기 절실해진다. 그리고 철민은 불쑥 한 사람을 떠올린다.

진 노사!

아니다. 그가 떠올린 것은 진 노사가 살고 있다는, 세상과 온전히 격리되어 있다는 암자였다.

그리고 연결되어 있기라도 한 듯 뒤이어 떠오르는 글자 하나.

기(氣)!

진 노사! 암자! 그리고 기!

뜬금없다 해야겠지만, 그 세 개의 단어에서 철민은 다시금 불쑥 어떤 의욕 내지는 계기 같은 걸 느낀다. 지금 그를 온통 지배하고 있는 무기력과 우울함을 떨칠 의욕 혹은 계기!

그러나 역시 머릿속의 생각일 뿐, 그는 막상 박차고 나가 실행에 옮기지 못한다.

그때였다.

부르르!

휴대폰이 진동한다.

[공주님]

휴대폰의 창에 그렇게 뜬다.

—하도 연락이 없어서 내가 숙녀의 자존심까지 내팽개치고 전화해 본다. 살아 있기는 한 거야?

황유나의 목소리가 쨍쨍거린다.

그러고 보니 그녀는 소영이에 대해서도, 또 그가 병원에 입원했다가 퇴원한 일에 대해서도 전혀 모르고 있다. 신기할 정도로!

혹은 그만큼 그와는 멀리 있는 존재인 것이고, 이제는 많이 가까워졌다고 생각했던 것이 다만 그 혼자만의 착각이었다는 것임을 분명히 확인시켜 주는 것일까?

"왜, 무슨 일이야?"

철민이 짐짓 무덤덤하게 물었다.

전화 저쪽의 황유나는 잠깐 침묵을 지키더니, 이내 '쨍!' 하는 목소리로 반문한다.

—야! 기껏 전화했더니 하는 말이 고작 그거야?

"그럼… 무슨 말을 해?"

—야! 너……?

조금 거칠어진 숨소리로 보아 황유나는 진짜로 화가 난 듯하다.

철민이 설핏 당황스러워할 때 황유나의 목소리 톤이 문득 달라진다.

—혹시… 너, 무슨 일 있는 건 아니지?

"일? 무슨 일?"

철민이 무덤덤한 투를 고수하려 하다가는, 그러고 보니 일이 있기는 있다 싶어서 불쑥 덧붙인다.

"사실은 나… 며칠 여행이나 좀 다녀오려고 해."

—여행?

미처 생각지 못했던 말이라는 놀라움이 담긴 반문 후 그녀는 잠깐의 침묵을 지킨다. 그러고는 다시 하나의 질문을 잇는다.

—회사에서는 괜찮대?

순간 철민은 괜스레 아차 싶었다. 그녀는 그가 아주 작은 규모의 무슨 연구소라는 곳에 취직한 월급쟁이인 줄로 알고 있는 것이다.

"어… 몸이 안 좋아서 며칠 좀 쉬고 싶다고 했더니, 그렇게 하라고 하더라고……!"

—그래? 와~ 너희 회사 진짜 괜찮다, 그렇지만 너… 쇠사슬하고 자물통 튼튼한 거 하나 사라!

"뭐?"

—혹시 너 없는 동안 책상을 뺄지도 모르잖아? 그러니까 기둥에다 쇠사슬로 책상 다리를 칭칭 감아서 자물통 콱 채워 놓고 가야 안심이지!

철민이 소리 없이 실소를 흘리고 만다.

황유나가 다시 묻는다.

—그래, 여행은 어디로 갈 건데?

"아직… 굳이 정하지 않고, 그냥 떠나 보려고!"

—좋겠당~! 마음대로 훌쩍 떠날 수도 있공~! 에이! 나도 이참에 진저리 나는 기자 생활 확 때려치워 버릴까? 그리고 너 따라서 여행이나 떠나버릴까?

괜한 투정인 줄 알면서도 철민이 가볍게 장단을 맞춰 준다.

"안 돼! 나 혼자 갈 거야!"

—뭣이라? 감히 날 버려두고 혼자만 가겠다고?

철민은 더 이상 받아 주지 않고 가만히 침묵을 지킨다.

—언제 출발할 건데?

황유나가 말투를 고치며 다시 물었다.

"내일!"

—그래! 잘 다녀와! 대신 돌아올 때는 건강하게, 기분도 확 전환해서 오는 거다?

황유나는 당부의 말로 전화를 끊었다.

그러고 보니 철민으로서는 저절로 결정되어 버린 감이 있었다. 여행을 떠난다고 황유나에게 광고까지 하고 만 꼴이니, 이제는 안 가기도 뭣하지 않은가 말이다.

물론 말로만 갔다 왔다고 할 수도 있겠지만, 굳이 그런 거짓말까지 하는 것은 너무 구차스러운 노릇이리라.

철민은 오후 느지막이 원룸을 나섰다.

낙원상가에 도착해서는 관리사무소로 올라가기 전에, 먼저 조 관장의 도장으로 갔다.

"아이~ 구! 우리 대표님께서 무슨 일로 여기까지 귀한 발걸음을……?"

조 관장은 반기는 건지, 은근슬쩍 투덜거리는 건지 애매하게 철민을 맞는다. 하긴 그러고 보니 꽤나 오랜만이기는 했다.

철민이 대뜸 진 노사의 암자 주소를 물었다. 조 관장은 의

아해한다.

철민은 적당히 꾸며 낼 말을 이미 만들어 두었던 바다.

"고향에서 아는 분이 친환경농법으로 농사지은 거라며 쌀을 한 가마니 보내 왔습니다. 그런데 저야 뭐, 혼자 사는 살림에 쌀을 가마니째 두고 먹을 일이 없고, 그냥 처박아 두었다가 귀한 쌀이 혹시 변질이라도 되면 보내 주신 분의 성의를 저버리는 거라는 생각이 들던 차에 진 노사님 생각이 나더라고요. 깊은 산속 암자에서 홀로 정진하신다니, 거기 보내 드리면 요긴하게 쓰이겠다 싶어서요!"

"아이고~! 이렇게 고마울 데가 있나? 안 그래도 거기가 워낙 오지인 데다, 특히 겨울철엔 먹을 게 귀하니 쌀 한 가마니면 크게 도움이 되고말고요!"

조 관장이 대번에 반색을 한다.

덕분에 '왜 가까이 있는 자기는 안 챙기고, 멀리 있는 진 노사부터 챙기느냐고 섭섭해할 수도 있겠다!' 은근히 걱정했던 철민의 염려는 가볍게 날아갔다.

"그런데 오지라니, 거기까지 택배가 들어갈지 모르겠습니다?"

"아! 그런 염려는 안 하셔도 됩니다. 저도 가끔씩 택배를 보내곤 하는걸요! 물론 진 노사님 계신 암자까지는 안 되고, 암자에서 가까운 산 아래 작은 마을이 하나 있는데, 그 동네 이장님 댁으로 보내 놓으면, 노사께서 가끔씩 산을 내려올 때 찾아가시죠. 그런데 직접 택배까지 부치시게요? 번거로우실 텐데……?"

"아닙니다. 택배 기사를 부르면 되니, 번거로울 것은 없습니다."

조 관장이 그제야 손님 대접을 할 마음이 생겼는지, 종이컵에다 믹스 커피 한 잔을 타서 철민에게 건넨다. 그러고는 책상 서랍을 뒤져 수첩 하나를 찾아낸다.

철민이 믹스 커피의 단맛을 별로 좋아하지 않아서 한 모금 마시는 시늉을 할 때 조 관장이 메모지에다 주소 하나를 옮겨 적고는 철민에게 내민다.

철민이 여행을 좀 다녀오겠다고 말하자, 육 소장은 빙그레 웃으며 다른 말 없이 그냥 잘 다녀오시라는 말만 한다.

다만 한상운과 강혁수는 갑작스럽다는 듯이 잇달아 묻는다.

"어디로 가십니까?"

"며칠이나 다녀오시게요?"

그들로서는 당연한 반응일 것이나, 철민은 조금 성의 없는 대답을 할 수밖에 없었다.

"특별히 정하지 않고 떠나는 거라서… 저도 일단 출발을 해

봐야 알겠네요!”

철민은 자신이 없는 동안에는 육 소장의 전결로 모든 일을 처리하라고 속 편하게 위임을 해버렸다. 하긴 그가 있는 동안에도 대개는 그렇게 해왔던 것이니 새삼스러울 것도 없는 일이다.

첫새벽.

철민은 작은 배낭 하나를 둘러메고 원룸을 나섰다.

마치 야반도주라도 하듯이!

제2장
호리암(狐狸庵)

호리암 가는 길

고속버스가 강원도 경계로 들어서면서 창밖은 점차 하얀 눈 천지로 바뀌고 있다.

옆자리에 앉은 사람들의 대화로는, 강원도 지역에 며칠간 잇달아 폭설이 내렸단다.

원주에서 내린 철민은 다시 시외버스로 갈아탔다.

꼬불꼬불한 국도를 느릿느릿, 근 두 시간여를 달린 끝에 버스는 치악산 자락의 어느 작은 읍 소재지에 도착했다.

버스에서 내리자 공기부터가 달랐다. 산간 지역이라 그런지, 맑고 차가운 공기가 코끝에서부터 폐부 깊숙한 곳까지를 단번에 싸하게 만든다.

추위도 사뭇 다르다. 서울도 춥긴 하지만, 이곳의 추위는 찬 기운이 두터운 패딩을 곧장 뚫고 살갗으로 스멀스멀 파고드는 듯하다.

철민은 잠시 시외버스 정류장에 그대로 서 있었다.

시외버스 정류장이라고 해 봐야 지붕과 삼면만 벽으로 막고 앞쪽은 뻥 틔워 놓은, 게다가 그 흔한 투명 플라스틱 벽체도 아니고, 거친 시멘트벽돌이 그대로 드러나 있는, 그야말로 옛날식 시골 간이 정류장이다.

매표소도 없고, 매표원도 없다. 그나마 시커멓게 때가 낀 벽면에는 아마도 노선표와 시간표이지 싶은 종이가 붙어 있긴 했다. 그러나 얼마나 오래되었는지 너덜너덜하게 변해 있는 것은 고사하고, 햇빛에 바랬는지 잔뜩 퇴색되어 있으니 도대체 읽어볼 수가 없다.

"겨울도 다 끝나 가는데 뭔 놈의 눈이 사흘 내내 내린다냐? 징그러워 죽겄네, 그냥!"

중노인 하나가 철민의 옆을 지나치며 투덜거린다.

철민이 하늘을 올려다보니, 온통 우중충한 중에 펄펄 눈발이 날리기 시작했다.

'어떻게 해야 하나?'

막막해진다. 우선 추위라도 좀 피하고 보자 싶어서 주변을 둘러보니, 마침 길 건너편에 작은 분식집 하나가 보인다. 딱히 허기가 느껴지진 않지만, 점심때가 되기도 했으니 간단히 요기라도 하면서 길도 좀 물어볼 심산으로 철민은 일단 길을 건너간다.

철민은, 대나무 꼬치에 끼운 어묵이 가득 담긴 채로 무럭무럭 뜨거운 김을 뿜어내고 있는 커다란 쇠 솥 앞으로 다가선다. 가게 안쪽에 작은 탁자가 두 개쯤 있었지만, 솥 가까이가 한층 더 따뜻할 것 같아서다.

꼬치를 하나 집어 들고 한입 베어 무니 제법 맛이 괜찮다.

철민이 뜨거운 국물을 한 컵 떠놓으며, 인상 푸근해 보이는 주인아주머니에게 묻는다.

"여기서 비령 마을까지는 얼마나 걸릴까요?"

"비령 마을이유?"

주인아주머니가 잠시 생각해 보고는 대답한다.

"한 80리쯤 되쥬! 왜, 비령 마을 가셔유?"

"예!"

"그러면……."

운을 뗀 주인아주머니가 가게 바깥으로 나선다. 그러고는 고개를 길게 빼고 길 왼쪽 먼 곳을 살펴보고는 다시 말을 잇는다.

"다행히도 저기 아직 있네유!"

"예?"

"비령 마을 가는 버스 말이유! 아침에 한 번, 점심에 한 번! 하루 두 번밖에 없는 버스라서 지금 놓치면 오늘은 끝이니께, 얼른 가보셔유!"

주인아주머니의 말에 철민이 반쯤 남은 어묵을 마저 입에 넣으며, 주머니에서 집히는 대로 천 원짜리 몇 장을 꺼내 아주머니 손에 쥐어 주고는 곧장 달음박질친다.

가르~ 릉! 가르~ 릉!

마을버스가 금방이라도 출발할 듯이 연신 가쁜 엔진 소리를 내고 있다.

한바탕 뜀박질을 한 탓에 철민도 숨이 가쁘기는 마찬가지다. 그래도 지금 놓치면 오늘은 끝이라는 버스를 탈 수 있게 된 것은 참으로 다행이다.

버스의 창들에 뿌옇게 김이 서려 있다. 그것이 버스 안쪽의 따뜻함과 평온함을 말해주는 듯하여 철민은 마음이 편해진다.

똑똑!

버스의 앞뒷문이 다 닫혀 있기에 철민이 앞문으로 가서 유리창을 두드렸다.

치~ 익!

신경질이라도 부리듯이 공기 빠지는 소리를 내며 문이 한 뼘쯤 열린다.

"비렁 마을 가는 버스 맞죠?"

철민이 버스 안을 향해 묻자, 별로 친절하지는 못한 대답이 돌아온다.

"맞기는 맞는데… 어디 사람이래유?"

"예?"

"여기 사람 아니쥬?"

"아… 예! 서울서 왔습니다!"

"버스 못 나가유!"

철민이 당황스러운 마음에 다급하게 반문한다.

"왜 못 나가죠?"

버스 안에서는 더욱 불퉁한 대답이 돌아온다.

"하늘을 봐유! 눈이 오잖유?"

철민은 그만 멀뚱해지고 만다. 굳이 하늘을 올려다보지 않아도 눈 오는 거야 당연히 보이는데, 그게 뭐가 어쨌다는 건지……?

"며칠째 내린 눈 때문에 비렁 마을까지 들어가는 도로가 아주 없어지다시피 했시유! 그런 데다 지금 또 저렇게 퍼붓고 있으니, 어떻게 버스가 나갈 수 있겠는감유?"

따지듯이 하는 말이다. 그러나 어쨌든 도로에 쌓인 눈 때문에 운행을 못 한다는 소리다.

철민은 난감했다. 버스가 운행을 하지 못한다니! 그럼 내일까지 이곳에서 기다리란 말인가? 아니, 눈이 계속 내리기라도 한다면, 내일이라고 버스가 운행한다는 보장이 있겠는가? 그렇다고 여기까지 와서 그냥 서울로 돌아가? 참으로 난감하기 짝이 없는 노릇이다.

할머니 한 분이 버스를 향해 다가오고 있다. 자그마한 체구에 허리가 앞으로 굽은, 마치 옛날얘기에나 나올 법한 꼬부랑 할머니다.

굽은 허리만으로도 힘에 겨워 보이는 할머니는, 커다란 보따리 두 개를 하나는 머리에 이고, 또 하나는 손에 들고 있었다.

철민이 제 고민만으로도 버거웠던 터라, 할머니의 보따리를 들어드려야겠다는 생각까지는 미처 하지 못했다. 다만 할머니의 앞에서 얼른 비켜선다.

"문 좀 여소!"

버스에다 대고 할머니가 외친다. 숨차고 힘에 겨운 목소리다.

그런데 철민은 뜻밖의 상황을 목격한다.

치이~ 익!

공기 빠지는 소리가 길게 나더니 문이 활짝 열린 것이다. 그에게는 겨우 한 뼘밖에 열리지 않던 문이 아주 활짝 말이다.

'열려라, 참깨?'

철민이 놀랍다는 심정으로 상황의 진전을 주목하고 있는데, 할머니는 조금도 망설임 없이 손에 들고 있던 보따리를 우선 버스의 발판 계단에 척하니 올려놓는다.

철민은 그제야 할머니께로 다가서며 머리에 이고 있던 보따리를 받아 내린다.

"아이고, 세상에 이렇게 고마울 데가……!"

할머니가 감격한다.

틈을 보아 철민이 슬쩍 묻는다.

"할머니! 혹시 비령 마을 가십니까?"

할머니는 철민의 행색을 한눈에 살피더니, 이내 순박하게 웃으며 대답한다.

"맞니더! 거 가는 빼스는, 이 빼스밖에 없니더!"

그리고 할머니는 계단을 한 칸 올라 억척스럽게 보따리를 버스 안으로 밀어 올린다.

철민 또한 보따리 하나를 앞세우고 할머니 뒤를 바짝 따른다.

버스에 올라 힐끗 운전석을 보니 40대쯤의 통통한 체형에다 동글동글한 얼굴의 기사 양반이 사뭇 머쓱하다는 표정을 짓고 있었다.

아마도 그런 것이리라! 정규 노선 버스가 가지 않는 외진 마을 몇 곳의 주민들을 위한 공익 성격의 마을버스 같은데, 이처럼 궂은 날씨에 더욱이 한눈에도 외지 사람의 티가 팍팍 나는 철민 혼자만을 위한 운행은 하지 않으리라는, 혹은 하지 않아도 괜찮으리라는 심정이었을 것이다. 그럴 법도 하겠다 싶었다. 그런 차에 비렁 마을 주민인 할머니가 오시자, 못 간다는 소리가 쏙 들어가 버린 것이리라. 그 또한 그럴 법하다 싶었다.

철민이 보따리를 발로 밀며 버스 뒤쪽으로 옮겨가는 할머니를 무심코 뒤따라가려다가, 문득 '돈 통'을 발견했다.

"차비가 얼마입니까?"

"외지인은 2,000원이유!"

기사 양반은 아직까지도 별로 반갑지 않다는 목소리다.

철민이 주머니에서 천 원짜리 두 장을 찾아 '돈 통'에 넣고는 얼른 할머니의 뒤를 쫓는다.

할머니는 앞쪽의 텅 빈 좌석들을 그냥 지나쳐 가서는, 버스

뒷문에서 한 칸 뒤의 자리를 잡고 앉는다.

아마도 내릴 때 편하도록 버스 뒷문 가까이에 앉으시는가보다 했는데, 할머니의 바로 뒷자리에 앉고 나서야 철민은 다시 한 가지의 그럴 법한 이유를 발견할 수 있었다. 히터였다. 할머니가 앉은 의자의 바로 아래에 히터가 설치되어 있고, 지금 빵빵하게 열기를 발산해 내고 있었다.

기사 양반은 백미러를 통해 계속 할머니의 동태를 살피더니, 이윽고 할머니가 안전하게 자리를 잡는 것을 보고서야 버스를 출발시킨다.

그런 걸로 보아 철민은 기사 양반이 그렇게 나쁜 사람은 아닐 것이라는 느낌이 들었다.

버스 차창 밖으로 스쳐 지나가는 광경은 온통 하얗다.

집인지 산인지 들인지는, 지대의 높낮음과 나무가 있고 없음으로만 구분되고 있다.

심지어 도로도 마찬가지다. 차선은 고사하고 도로의 윤곽조차 구분하기 어려울 정도다.

그래도 버스는 제법 잘 달린다. 한참을 달린 후에는 인적이 아예 없는 완전한 눈 천지의 첩첩산중으로 들어서서 구불구불 산허리를 돌고 돌며 나아간다.

철민은 강원도가 처음이다.

그렇지만 왠지 익숙하다. 특히 눈 덮인 천지의 광경은 마치 그가 어린 시절을 보냈던 시골 동네로 가고 있는 듯해서 반갑기까지 하다.

한편으로는 이런 깊은 산중까지 도로가 뚫려 있다는 데 대해, 참으로 감탄스럽고 감사하기까지 하다. 덕분에 따뜻하게 히터가 틀어져 있는 버스 안에서 이런 눈 천지의 절경을 원없이 구경할 수 있는 게 아닌가? 더욱이 운전기사를 빼고 나면 꼬부랑 할머니 한 분과 철민 두 사람만을 위한 운행이니, 그야말로 관광버스를 전세 낸 것이나 마찬가지다.

또 한편으로는, 처음에 외지인인 그 혼자만을 위해서는 버스 운행을 하지 못하겠다고 했던 기사 양반의 심정이 새삼 이해되기도 했다.

"할머니! 혹시 호리암이라고 아세요? 비령 마을에서 많이 멀지는 않다고 하던데……?"

철민이 할머니께 물었다.

그러나 당연히 안다는 대답이 돌아오리라는 기대와는 다르게, 할머니는 잠시 고개를 갸웃거리고는 반문한다.

"어데? 어데라고요……?"

"호리암이요!"

"호리암……? 글시더……! 그런 데는 첨 들어보는데……!"

철민은 잠시 말문이 막혔지만 문득 생각나는 것이 있었다.

"서울에서 호리암으로 택배를 보낼 때는, 비령 마을 이장님 댁으로 보낸다고 하던데요?"

그제야 할머니가 무릎을 치는 시늉을 했다.

"옳아……! 그러면 여우골에 있는 그 암자를 말하는 걸시더!"

"여우골이요?"

"하모! 서울에서 택배가 오면 우리 이장이 맡아 두는데, 그 여우골 암자에서 늙은 처사가 내려올 때 찾아가디이더! 그 처사 생긴 모양이… 키가 쪼매한 기, 몸이 호리호리하고… 머리는 앞이 훌렁 벗기지가 하얗게 셌는데 나이가 한… 칠십쯤이나 됐을라나, 못 됐을라나… 그랄 기라 아매도……?"

"아, 예! 맞는 것 같습니다!"

할머니가 묘사하는 '늙은 처사'의 모습이 진 노사와 얼추 맞아떨어진다. 그러고 보니 호리암의 '호' 자가 구미호 할 때의 '호' 자, 그러니까 여우를 뜻하는 것 같기도 하다. 어쨌든 철민이 사뭇 안도하며 할머니께 다시 부탁을 드린다.

"할머니! 비령 마을에 내리면, 그 여우골 암자로 가는 길 좀 가르쳐 주십시오! 제가 거길 가는 길이거든요!"

그러자 할머니는 짐짓 눈을 크게 떠 보이며 고개를 가로저었다.

"거는 지금 못 갈 낀데……?"

할머니의 말로는 비렁 마을에서 암자까지는 대략 10리 길이라고 했다. 그런데 길이래야 두 사람이 나란히 걸어가기도 어려울 만큼 좁은 산길이라 오로지 발품을 팔아야만 갈 수 있는데, 그나마 지금처럼 온 산이 눈에 덮인 때에는 자칫 길을 잃고 산속에서 헤매다가 큰일 당하기 십상이니, 가더라도 눈이 좀 녹고 난 다음에나 엄두를 내볼 수 있을 거라고 했다.

이윽고 버스가 멈춘 것은 출발한 지 한 시간쯤이나 지났을 무렵이다.

할머니 말씀에 따르면, 본래는 삼사십 분이면 넉넉한데, 눈 때문에 두 배나 걸렸다고 했다.

할머니를 도와 버스에서 내린 철민이 한눈에 살펴본 주변은 그냥 허허벌판이다. 도무지 무슨 동네나 마을 같은 것이 있을 것 같지가 않다.

부~ 웅!

한바탕의 요란스러운 가속음을 남기며 버스는 마치 줄행랑이라도 치듯이 왔던 길을 되짚어 곧장 사라져 간다.

철민이 잠시 버스의 뒤꽁무니를 좇고 있는 사이, 할머니는 벌써 저만큼 앞장을 서고 있는 중이다.

눈 덮인 대지 속에서 할머니의 앞쪽으로 뻗은 길의 윤곽이 희미하게 보인다. 폭이 2미터도 채 안 되어 보여서 경운기나 겨우 다니 수 있을까 싶을 만큼 좁은 길이다. 그렇더라도 그 희미한 윤곽의 좁은 길이야말로, 버스가 이런 허허벌판 중에 그와 할머니를 내려놓고는 '휭!' 하니 가 버릴 수 있었던 이유가 될 것이었다.

꼬부랑 할머니의 걸음이라 아직은 따라잡기에 여유가 있다 싶어서, 철민은 주변을 다시 한 번 찬찬히 둘러본다.

사방은 높고 낮은 산으로 첩첩이 둘러싸여 있다. 눈 덮인 산, 그리고 또 눈 덮인 산! 보이는 것이라곤 눈이 닿는 데까지 온통 하얀색의 천지일 뿐이다. 오지! 말 그대로의 오지다. 그런데 여기서 다시 산길로 10리를 더 들어가야 한다면, 호리암은 대체 어떤 곳이란 말인가?

꼬부랑! 꼬부랑! 더딘 걸음으로도 할머니는 이미 길 저 끝의 마을에 다 닿아 있다. 할머니의 앞쪽 야트막한 산 아래로 몇 채의 집이 들어서 있다. 바로 비령 마을이리라!

기껏 열 채도 안 되는 집이 하얀 눈 속에 옹기종기 검은 점들처럼 박혀 있는 광경은 철민이 처음에 기대했던 시골 마을의 정겨움과 향수 같은 것과는 전혀 다른, 쓸쓸하고 스산하기까지 한 느낌을 주었다.

철민은 괜스레 뛰기 시작했다. 이 막막한 오지에서 혹시 할머니마저 놓치면 그야말로 길 잃은 미아가 되고 말 것만 같은 절박한 심정이 되었다!

호리암

철민이 부득부득 암자를 찾아가 보겠다고 고집을 부리자, 꼬부랑 할머니는 한참이나 걱정을 늘어놓은 끝에야 마지못한 듯이 가는 길을 설명해 주었다.

'마을 뒤로 이어진 산길을 한참 따라가다 보면, 평평하게 이어지는 중에 고개가 시작되는데, 그 고개를 쭉 올라가면 고갯마루쯤에서 갈림길이 나온다. 갈림길에서 큰 소나무가 서 있는 쪽을 따라서 가다 보면, 물이 흐르는 작은 계곡을 만나게 되는데, 거기서부터 계곡을 따라 쭉 올라가면 암자가 보일 거다.'

할머니의 설명을 정리하자면 그랬다. 철민이 기대했던 것 이상으로 간단명료했고, 더하여 멀리 보이는 산의 지점과 지점들을 콕콕 손짓해 가리키는 데서는, 그 길들이 아주 일목요연하게 한눈에 들어오는 듯했다.

마을 뒤 산길로 해서 가다가 고개.

고갯마루에서 갈림길.

큰 소나무가 서 있는 쪽으로.

물이 흐르는 작은 계곡.

계곡 따라 쭉 올라가면 암자!

딱히 헷갈리고 말고 할 것도 없다.

'고갯마루의 갈림길에서 큰 소나무가 선 쪽으로!' 그것 하나만 주의하면 나머지는 그냥 쭉 가기만 하면 되는 것이다.

하긴 어릴 때 나름 깊은 산골에서 살아 본 철민의 경험상으로도, 산길이란 게 대개는 그냥 쭉 따라가기만 하면 되는 길이다. 무슨 도심지 도로처럼 조금 가다보면 삼거리로 갈라지고, 또 조금 가다 보면 사거리로 갈라지고, 그러다가 불쑥 로터리가 나타나고 하지는 않는 것이다.

마을 뒷길로 접어들면서부터 눈 때문에 제대로 길을 식별하지도 못할까 걱정했지만, 다행히도 나무들의 잔가지가 베어져 있거나, 혹은 엉성하게나마 돌이나 통나무로 경사면이 다듬어져 있는 흔적들이 있어서 길을 식별하는 데는 크게 어려움이 없었다.

아마도 누군가의 정성이거나, 아니면 최근까지 산길을 다닌 흔적일 것이다.

제대로 가고 있다는 확신이 흔들리기 시작한 것은, 비렁 마을이 보이지 않게 된 지 한참이 지났을 무렵부터다.

이제쯤이면 고갯마루의 갈림길이 나와야 하고, 큰 소나무가 보여야만 한다.

그런데 고개 같기도 하고, 아닌 것 같기도 한 오르막길을 몇 차례나 넘었는데도, 갈림길이나 큰 소나무 같은 건 없다.

갈림길이 눈에 묻혀 분명치 않을 수도 있고, 큰 소나무라고 했던 것이 막상은 별로 크지도 않은 소나무일 가능성도 있어서, 철민은 고갯마루다 싶으면 무조건 소나무가 있는 쪽으로, 혹은 조금이라도 큰 소나무가 있는 쪽으로 방향을 정하긴 했다.

그러나 그다음의 '물이 흐르는 작은 계곡' 역시 도무지 나타나지를 않았다.

발밑의 눈이 푹푹 빠지고 있다. 발목까지 빠지는 것은 보통이고, 조금 깊은 데는 무릎까지 '쑥!' 빠진다. 또 어쩌다 정말로 깊은 곳을 잘못 밟으면 순식간에 허리까지 '쑤~ 욱!' 빠지고 말았다.

조금만 더! 조금만 더 가면 나올 것 같다. 그러나 그렇게 산길을 헤매는 중, 느끼지 못하는 사이 시간은 훌쩍 지나갔다. 출발할 때의 시간이 1시 30분쯤이었는데, 벌써 4시가 다 되어가고 있었다.

철민은 지쳤다. 춥고 배고프고!

새삼 후회막급이다. 비렁 마을의 꼬부랑 할머니가 극구 말릴 때, 그냥 자기네 집에서 하룻밤 자고 내일 오는 마을버스를 타고 서울로 돌아가라 할 때, "예! 알겠습니다!" 하고 곱게 말씀을 들었어야 했다. 거기서 멈추고 돌아가야 했다.

이게 무작정 고집을 부린 결과라니! 사람이 낭패를 당하려고 하면, 마치 무엇에 홀린 것처럼 판단이 흐려진다고 하더니, 정말로 무엇에 홀리기라도 한 것일까?

그런 데다 그를 더욱 불안하게 만들고 있는 건, 휴대폰의 신호가 계속 잡히지 않고 있다는 점이다.

이러다 정말로 큰일 나는 거 아냐? 이렇게 헤매다가 어두워지기라도 하면? 이 깊은 산속에서 밤을 보내야 하나?

그러나 그는 그런 '큰일'에 대한 아무런 준비도 되어 있지 않았다. 전혀!

아아! 생각할수록 그는 정말로 미친 짓을 한 것이다.

'돌아갈까?'

이미 소용없는 후회다. 돌아갈 생각마저도 진작 했었어야만 했다. 최소한 온 길을 제대로 되밟아 돌아갈 수 있다는 확신이라도 남아 있었을 때!

이제는, 감히 되돌아갈 엄두조차 내지 못하게 된 뒤였다.

10여 미터쯤 경사져 내려간 아래쪽으로 뭔가가 보인다.

흔적이다. 무언가 쓸고 지나간 듯한 흔적!

철민은 급하게 방향을 틀어 미끄러지듯이 아래쪽으로 내려간다.

사람의 흔적인지는 분명치 않다. 그러나 설령 짐승의 흔적일지라도, 모든 것이 얼어붙은 적막하기 그지없는 이곳 심심산중에서 어쨌든 살아 있는 무엇의 흔적을 발견했다는 것만으로도 철민은 당장에 일말의 온기가 '훅!' 끼쳐 오는 것만 같다.

흔적은 위쪽으로 길게 이어져 있다.

'혹시 여기가……?'

철민이 퍼뜩 떠올린 생각은 여기가 바로 '물이 흐르는 작은 계곡'이 아닐까 하는 것이었다.

그러나 발밑의 눈을 헤쳐 보았지만 사뭇 애매하기만 하다.

눈 밑에 얼음이 나오긴 하는데, 계곡 물이 얼어붙었다고 하기에는 너무 얇아 보인다.

그러나 더 이상 선택의 여지는 없었다.

어느새 사방이 어둑어둑해지고 있다. 어두워지려면 아직 멀었다고 생각했었는데, 예고도 없이 갑작스럽게 밤이 다가오고 있었다.

그래도 눈 위에 난 흔적이 계속 이어지고 있었고, '계곡'을 따라 위로 올라갈수록 점점 더 뚜렷해지고 있다는 것에 철민은 한 가닥의 희망을 가져본다.

헉!

허~ 억!

끝도 없이 눈밭을 헤치고 나아가는 중에 철민의 숨은 이제 턱 밑까지 차오른다.

그러나 멈출 수는 없다. 사방에서 이윽고 완연한 어둠이 밀려들고 있는 때문이다. 스멀거리며 온몸을 타고 기어오르는 공포처럼!

다시 얼마를 갔을까?

"아아!"

철민은 긴 안도의 숨을 내뱉었다.

칠흑의 바다 위에 외로이 떠 있는 돛단배와도 같이 아스라한 윤곽으로 드러나는 형체 하나!

그곳에서는 지금 한 가닥의 여린 불빛이 힘겹게나마 어둠과 맞부딪치며 그 선명함을 키워 가고 있는 중이다.

그 불빛은, 그 선명함은 마치 구원처럼 아늑하고 따뜻하다.

집이다.

인가(人家)!

호리암일 것이다.

틀림없이!

성스러운 후광을 두른 듯 보이던 그곳은, 막상 가까이에 다가가자 그저 작고 단출한 한 채의 흙집이었다. 아니, 그 흙집은 '채'라고 가옥의 단위를 매기기에도 뭣할 정도로 초라하고 궁색하기까지 하다.

금방이라도 폭삭 무너지고 말 듯한 힘겨움으로 그야말로 산만 한 눈을 이고 있는 지붕.

그 지붕을 겨우 지탱하고 있는 몇 개의 거무튀튀하게 퇴색된 나무 기둥.

아무렇게나 덕지덕지 황토를 덧입혀 놓은 흙벽.

엉성하게 대충 짠 나무 격자에 창호지를 바른 방문(房門).

그런 형상들로는 딱히 암자라는 확신마저도 서지 않아서,

'이곳이 과연 호리암이 맞나?'

하는 사뭇 힘 빠지는 의혹이 성큼 든다.

그 창호지 발린 방문의 문턱 아래쪽에 놓인 섬돌, 다시 그 아래쪽으로 단을 이루며 웅덩이처럼 깊숙이 파인 공간 안쪽의 아궁이에서는 지금 벌건 장작불이 타오르고 있다.

아마도 철민이 멀리서 보았던 구원의 빛이었을 그 불빛만큼은 여전히 따뜻하고 아늑하다.

제3장
재회

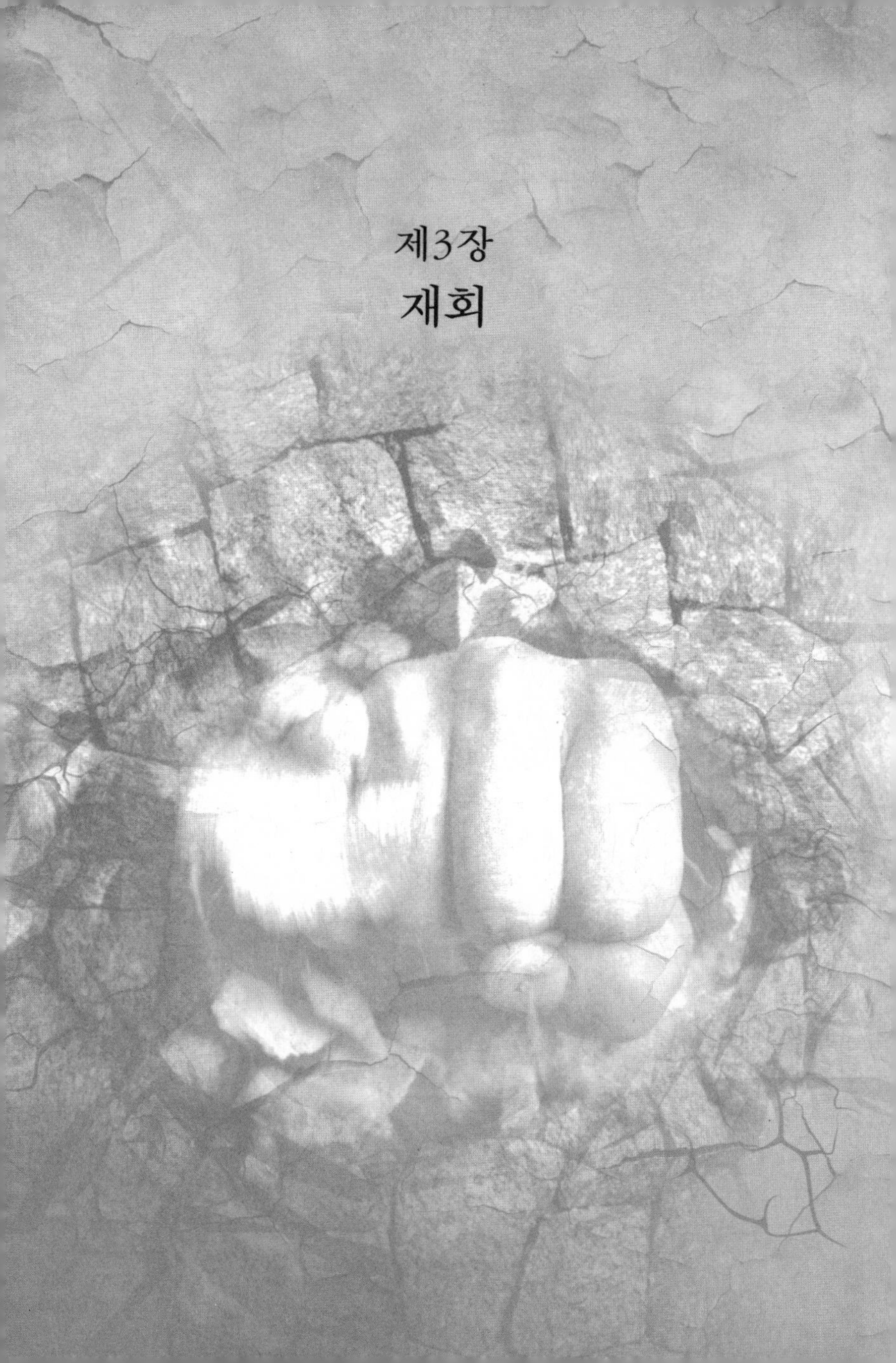

진 노사와 재회하다

"계십니까?"

철민이 나지막이 불러보았으나 방 안에서는 아무런 반응이 없다. 그러나 창호지를 통해 희미하게 아른거리며 비쳐 나오는 불빛의 기운만으로도 방 안에 사람이 있는 것은 분명하다.

"계십니까?"

철민이 조금 더 크게 부르자, 그제야 안으로부터 반응이 왔다.

"밖에 뉘시오?"

무덤덤한 투다. 찾아올 사람이 없어야 지극히 당연할 장소에 불쑥 사람이 나타난 것에 대한 경계도, 반대로 반가움의 느낌도 전혀 담기지 않은!

철민은 그 목소리가 진 노사의 목소리인지는 단번에 확신할 수 없었다.

그때 방문이 열린다. 그리고 그 틈으로 늙수그레한 얼굴 하나가 밖을 내다본다.

"아… 노사님! 접니다!"

철민이 저도 모르게 외친다. 반가움에 목이 다 메이는 듯하다.

바로 진 노사였다.

"이 궁벽한 곳까지 어쩐 일인가?"

무덤덤한 기색 그대로 철민을 방으로 들이고 난 다음에 묻는 진 노사의 첫마디였다.

철민은 그만 말문이 턱 막히고 말았다. 진 노사의 성격이야 그가 서울에서 처음 봤을 때부터 무뚝뚝하고 불친절하고 꼬장꼬장했지만, 지금은 오히려 그때보다 더해 보인다. 마치 귀찮고 번거로운 방문객을 맞은 태를 노골적으로 내는 듯하다. 냉담하다고까지 해야 할까? 그러나 아무리 그래도 그렇지, 서울에서 그가 베푼 게 없지도 않은데, 그리고 지금 이렇듯 먼 데서 고생하며 일부러 찾아온 손님에게, 너무 홀대가 심한 게 아닌가? 섭섭한 마음이 울컥 치민다.

그러나 철민은 있는 그대로의 감정을 여과 없이 드러내 보일 처지가 아니었다.

"노사님께 치료 좀 받으러 왔습니다!"

철민이 미처 다듬지 못한 채 우선 내놓은 대답이었다.

진 노사의 얼굴에 설핏 의아하다는 빛이 떠오른다. 그러나 이내 무덤덤한 빛으로 돌아가며 묻는다.

"치료를 받을 게 있으면 서울에 있는 큰 병원에 가볼 일이지, 여길 오면 어쩌누?"

"사실은… 제가 최근에 여러 가지 일들을 겪는 바람에… 좀 많이 힘들었습니다!"

"……?"

"그러다 보니 아마도 원기를… 크게 상한 것 같습니다."

진 노사는 다시 어이없다는 표정이다. 그러나 그런 와중에도 날카로운 눈빛으로 철민의 얼굴을 한 차례 훑어본다.

철민이 괜스레 서늘하여 어깨를 한번 으쓱이고는 다시 말을 잇는다.

"전에 노사님께서 그러지 않으셨습니까? 손상된 원기를 치료하려면 푹 쉬고, 잘 먹고, 마음을 편히 해야 되는데, 그게 말처럼 쉽지 않다고요! 그래서 온 겁니다. 노사님께 직접 치료를 좀 받아 보려고요!"

진 노사가 물끄러미 철민을 바라본다. 그러더니 문득 딱하다는 듯 탄식한다.

"허어~! 아무리 그래도 그렇지, 이리 무턱대고 찾아오면 어떡하누?"

이어 진 노사는 다시 정색을 한다.

"혹시 나를 무슨 도사나 도인 행세하는 사람쯤으로 여기고 온 것이라면, 헛걸음을 한 것일세. 나는 그저, 복잡한 세상에 적응하지 못하여 산으로 피신해 온 도망자일 뿐일세. 게다가 이제는 늙고 병들어 내 몸뚱이 하나 감당하기도 버거운 초라하고 비루한 처지이네."

진 노사가 잠시 생각을 정하는 듯하더니, 문득 "쯧!" 하고 혀를 차며 말을 잇는다.

"어쨌든 오늘은 어쩔 수가 없게 되었으니, 예서 하룻밤 자도록 하게. 그리고 내일 날이 밝는 대로 서울로 돌아가도록 하게!"

그리고 진 노사는 몸을 일으켜 방을 나간다.

혼자 남은 철민은 그제야 천천히 방 안을 둘러본다.

작은 앉은뱅이책상 하나, 그 위 귀퉁이에 촛불이 하나 켜져 있고, 읽고 있던 중이었던지 책 한 권이 펼쳐져 있다.

철민은 무슨 책인지 괜히 궁금해져 책의 제목을 보려다가 실례일 것 같아서 그만둔다.

고개를 들어 천장을 보니 서까래들이 아주 도드라지도록 그 적나라한 골격을 드러내고 있다. 그리고 그것들에는 지금은 희미하게 퇴색이 되었더라도, 원래는 제법 울긋불긋했을 무늬들이 그려져 있다.

아마도 단청(丹靑)이리라.

그에 철민은 이곳이 암자라는, 혹은 지금은 아니더라도 본래는 암자였겠구나 하는 생각을 하게 되었다.

방의 윗목에는 이불이 단정하게 개어져 있었다. 그걸 보자 철민은 물밀듯이 피곤이 밀려온다.

눈과 추위 속에서, 그리고 불안 속에서 무작정 헤맨 것이 장장 몇 시간이던가?

내일 일은 내일 다시 걱정하면 될 문제다. 당장 따뜻한 방에서 잠을 잘 수 있게 되었다는 데 만족하면 되는 것이다.

밖에서 들리는 소리로 짐작하건대, 진 노사는 아마도 아궁이에 장작을 넣고 있는 것 같다.

한참 후, 방으로 들어오는 진 노사의 품에는 이불이 안겨 있다.

진 노사가 곧바로 방 한쪽에다 요를 깔고, 다시 그 위에 이

불을 펴는데, 여름용인 듯 얇은 데다 몹시 오래되었는지 색은 바랬고, 군데군데 헤진 곳도 보인다.

"이불이 좀 부실하지만, 군불을 넉넉하게 넣었으니 춥지는 않을 걸세!"

진 노사가 말하며 방 윗목에 있던 이부자리도 펴는데, 얇고 낡기는 먼저 편 것과 마찬가지였다. 그렇게 두 사람 몫의 이부자리가 펴지자 좁은 방이 꽉 차 버린다.

방 안에는 잠시의 침묵이 이어진다.

철민이 어색하여 무슨 말이라도 꺼내려고 할 때였다.

"피곤할 텐데, 그만 자세!"

진 노사가 불쑥 말을 뱉었다. 그러고는 먼저 자리에 누우며, 앉은뱅이책상 위의 촛불을 훅, 불어서 꺼 버린다.

갑작스러운 어둠에 철민 또한 몸을 눕힐 수밖에 없었다.

철민은 눈을 감고는 있었지만, 잠은 오지 않았다. 눈만 감으면 당장에 곯아떨어지고 말 것만 같더니!

사방의 고요함과 적막함이 갑자기 두드러지도록 엄습해 든다.

그리고 기다렸다는 듯이 겹겹이 떠오르는 생각들!

마치 파노라마 같다. 지금껏 겪어 왔던 일들이, 지금을 기점으로 거꾸로 돌아가며 펼쳐지는 파노라마!

문득 어지러워진다.

그는 머릿속을 점령해 가고 있는 겹겹의 생각들을 억지로 떨쳐낸다.

그러자 다시 그 자리를 대신하는 게 있다.

소리들이다.

굳이 귀를 기울이지 않았는데도, 여러 종류의 소리가 들리기 시작한다. 아니, 그 소리들은 이미 존재하고 있었는데, 지금껏 그가 듣지 못하고 있었을 뿐이리라.

이런 고요와 적막 속에 이렇게나 다양한 소리들이 숨어 있었나 싶다.

우선 가장 가까이에서 들리는 것은 숨소리다. 진 노사, 그리고 그 자신이 만들어 내고 있는!

진 노사의 숨소리는 평탄하다. 그리고 규칙적으로 반복되고 있다. 그새 깊이 잠이 든 것일까?

상대적으로 그 자신의 숨소리는 왠지 고르지 못하고 불규칙하다. 스스로의 숨소리를 의식하고 있는 때문일까?

숨소리에 익숙해지고 나자, 마치 기다렸다는 듯이 다른 소리가 '스~윽!' 다가온다.

윙~!

위이~ 잉!

바람 소리다. 차가움을 잔뜩 묻힌 채 창호지 틈새로 스며드는 바람 소리! 바람 소리는 다시 다양한 형태로 분화해 간다. 여린 나뭇가지 사이를 간질거리며 지나가는 듯이 아주 조심스러운 소리에서부터, 상처 입은 산짐승이 내는 울부짖음 같은 날카로운 소리로까지!

탁!

타~ 닥!

불꽃이 튀는 소리가 들린다. 아궁이에서 장작불이 타며 내는 소리일 것이다.

사~ 아~ 박!

사~ 아~ 박!

지극히 조심스러운 이 소리는? 눈 밟히는 소리? 마당에 산짐승이라도 온 건가? 여우? 살쾡이? 아니면… 귀신? 괜히 머리끝이 쭈뼛해진다.

바깥으로부터의 소리들은 점점 더 생생해지고 있다. 방문 바로 밖까지 잔뜩 몰려와 있는 듯이!

그의 의식은 이윽고 슬금슬금 방문 너머 바깥으로 나아가고 있다. 최면에라도 걸린 것처럼! 반쯤 깬 채로 악몽을 꾸는 것처럼! 소리를 맞으러!

"잠이 안 오는가?"

담담한 목소리가 방문에 반쯤 걸쳐진 채 있는 철민의 의식을 확 잡아채 다시 방 안으로 끌어들인다.

진 노사였다.

"아··· 예······!"

철민은 안도 겸, 탄식 겸의 모호한 소리를 겨우 뱉어낸다.

"생각이 꽤나 복잡한가 보이?"

"······."

진 노사는 굳이 대답을 듣고자 하는 것 같지 않았다.

철민은 다시금 가만히 눈을 감는다. 그러나 정신은 이미 말똥말똥해진 뒤였다. 더욱이 진 노사의 잠까지 깨우고 만 것 같으니, 계속 침묵을 지키고만 있기도 영 거북했다.

"저··· 그런데 호리암의 호리는 무슨 뜻입니까?"

철민이 생각나는 대로 불쑥 뱉고 보았다.

"소인배!"

진 노사가 툭 뱉는다.

철민이 설핏 당황스러워할 때, 진 노사가 덤덤히 덧붙인다.

"호는 여우를 말하는 것이고, 리는 살쾡이인지 이리나 늑대를 말한다고 하는데, 그걸 사람한테 쓰면 소인배를 뜻하기도 한다더군!"

"예··· 그렇군요!"

수긍하는 척했지만, 철민은 아무래도 조금 찜찜했다. 그럼 뭔가? 소인배가 머무는 암자란 건가? 진 노사 본인이야 그렇다 치더라도, 그 또한 도매금으로 소인배가 되고 마는 셈인가?

"암자를 중심으로 해서 좌우측으로 각기 골짜기가 하나씩 있는데, 옛날부터 여우골과 살쾡이골로 불렸다고 하더군. 20년쯤 전에 내가 이곳으로 들어왔을 때, 이 암자는 다 허물어진 채로 비워져 있었고 특별한 이름도 없었는데, 내가 눌러앉으면서 그냥 골짜기 이름들에서 어설프게 한자를 가져다가 호리암이라고 붙여본 걸세. 호리란 말에 소인배란 뜻이 있다는 건 한참 나중에야 알게 되었는데, 나 스스로를 돌아보니 꽤나 어울린다 싶기도 하더군. 그래서 이후로는 누가 사는 곳을 묻는다든지 할 때, 그냥저냥 지명 삼아 쓰고 있는 중일세!"

목소리가 점점 더 또렷해지고 있는 걸로 봐서 진 노사는 다시 잠들기를 포기해 버린 것 같다.

그러나 갑작스럽게도 철민은 오히려 눈꺼풀이 무거워진다.

"예에……."

철민은 힘겹게 추임새를 넣었지만, 다시 이어지는 진 노사의 말에 더 이상 대꾸할 수 없게 되었다. 그는 곧장 깊은 잠에 빠져들고 말았다.

"드르릉~!"

철민의 코 고는 소리에, 진 노사의 얘기가 뚝 끊어진다.

세상과 동떨어진 산중 암자의 밤이 그제야 본격적으로 깊어져 간다.

등 따시고 배부르다

눈이 부시다.

창호지의 틈새를 비집고 들어온 햇살이 방 안을 온통 눈부시게 만들고 있었다.

힘겹게 실눈을 뜨자 윗목에 단정하게 개어져 있는 이불이 보인다.

철민은 누운 자리에서 벌떡 일어난다.

정신없이 곯아떨어졌던 모양이다. 진 노사가 이불을 개고 나가는 것도 몰랐으니 말이다.

밖으로 나오니 앞쪽 멀리 산마루 위로 해가 불쑥 솟아 있다.

눈부시다. 눈이 부시다 못해 따갑다.

아궁이 속에서 무슨 소리가 난다.

들여다보았더니, 소복이 숯불을 모은 위에 작은 냄비 하나가 올려져 있다.

그리고 냄비 뚜껑의 틈새로 김이 폴폴 나고 있는 걸로 보아 아마도 밥이 뜸이 들고 있는 모양이었다.

구수한 냄새가 코로 스며든다.

“으아~ 함!”

철민이 양껏 기지개를 켠다. 그러면서 보니 마당 저쪽 구석에 누군가의 모습이 보인다.

진 노사다. 좀 전까지만 해도 보이지 않더니, 진 노사는 지금 커다란 단지 속으로 상반신을 밀어 넣다시피 하고 있는 중이다.

진 노사가 단지 속에서 꺼낸 것을 사발에다 수북이 담아오는데, 시큼한 냄새가 먼저 달려와서는 철민의 코를 자극한다.

“별도 좋고 하니, 예서 아침을 먹세!”

진 노사가 아궁이 앞에 자리를 잡으며 말했다.

철민은 설핏 당황스러워지고 만다.

아궁이 앞의 맨흙 바닥에서 밥을 먹자고 하는 데 대해서라기보다는, 수고한 것 없이, 더욱이 씻지도 않은 채 밥을 얻어먹기가 겸연쩍어서다.

그러나 배 속의 허기는 철민의 그런 염치를 대번에 무색하게 만들어버린다.

어제부터 제대로 먹은 것도 없이 ‘개고생’을 했으니, 그야말로 뱃가죽이 등에 달라붙을 지경이다.

장작 몇 개를 잇대어 놓은 위로 김치 사발과 밥이 담긴 냄비가 올려진다. 암자에는 따로 부엌도 없는 것으로 보이니, 진 노사는 평상시에도 이런 식으로 대충 끼니를 때우는 것 같다.

진 노사가 아궁이 근처를 더듬더니 수저 두 쌍을 찾아낸다. 그리고 그중 한 쌍을 철민에게 건넨다.

철민이 얼떨결에 건네받고 보니, 한눈에도 꽤 오래 쓰이지 않은 물건이었다.

덜어 먹는 그릇도 따로 없고, 가위도 없다. 밥은 숟가락으로 냄비에서 바로 퍼먹고, 김치는 젓가락으로 대충 찢어서 먹는다.

그래도 맛은 있다. 마치 꿀맛 같다.

다만, 냄비의 밥은 철민 혼자서도 배불리 먹기에는 부족하지 싶었다. 철민은 저도 모르게 숟가락질이 빨라진다.

그러다 철민은 문득 내심 실소를 뱉고 만다. 먹는 것에 욕심을 내게 될 줄이야! 그것도 기껏 맨밥에 김치 반찬을 욕심내다니! 그의 계좌에 쌓여 있는 돈이 얼마인데……!

다행히도(?) 진 노사가 금세 숟가락을 놓는다. 일부러 세본 건 아니지만, 아마도 네다섯 숟가락쯤이나 떴을까?

그렇다고 진 노사가 일부러 철민을 생각해서 그런 것 같지는 않다. 원래 많이 먹지 않는 것이리라. 하긴 서울의 고급 일식집에서도 진 노사는 많이 먹지 않았었다.

진 노사가 아궁이 앞에서 훌쩍 떠나준 덕에, 철민은 혼자만의 만족스러운 식사를 누린다. 냄비를 아예 통째로 들고서!

냄비의 바닥이 완전히 드러나도록 깨끗이 긁고 나서야 철민은 숟가락을 놓는다. 포만감을 느끼기에는 여전히 부족하지만, 그래도 만족스럽다. 아궁이의 열기가 그의 등판을 따뜻하게 달구고 있다.

'등 따시고 배부르다!'는 게 바로 이런 기분일까?

자네 살 도리는 자네가 알아서 하게!

좀 전까지 쨍쨍하기만 하던 해가 갑자기 어디론가 숨고 만다. 그러더니 이내 잔뜩 흐려진 하늘에서 문득 거뭇거뭇한 송이들이 쏟아지기 시작한다.

눈이다.

철민은 오늘 당장 산을 내려갈 마음은 애초부터 없었다. 어젯밤 진 노사가 미리 축객령을 내려놓아 어떻게 무슨 말로 주저앉을 핑계를 만들어 볼까 눈치를 살피던 참이었는데, 마침 말 붙일 건더기가 생긴 셈이다.

"눈이 오네요?"

그러나 진 노사의 대답은 무덤덤하기만 하다.

"서둘러 출발하도록 하게!"

결국은 사정을 해보는 수밖에 없다.

"서울에서 여기까지 겨우겨우 찾아왔습니다. 그러니 다만 하루 이틀만이라도 좀 쉬다가 갈 수 있게 해주십시오!"

진 노사가 빤한 눈길로 철민을 쳐다본다.

진 노사의 눈빛이 본래 날카로운 데가 있는 터에, 그렇게 쏘아보자 철민은 영 불편했다. 그러나 이 시점에서 시선을 피하기라도 했다가는, 더 이상 말을 붙여 볼 것도 없이 그냥 쫓기듯이 산을 내려가는 수밖에 없겠다 싶었다. 억지로 시선을 맞추고 버틴다. 그러나 잠시간의 눈싸움 끝에, 눈이 시려서라도 더는 버티지 못할 지경이 되었다.

그때였다. 진 노사가 문득 시선을 거두며 먼 데를 바라본다. 그러고는 툭 던지듯이 말한다.

"밥값은 할 것이고?"

철민이 얼른 대답한다.

"물론입니다!"

"뭐로 밥값을 할 건가?"

"그거야……."

"여긴 돈 같은 건 무소용인 곳일세! 산중 생활이란 게 돈 들 일이 별로 없거든? 기껏해야 쌀값 정도나 드는데, 그 정도야 가을 한 철 약초며 산나물을 캐서 내다 파는 걸로 충분하지!"

"그럼… 제가 어떻게 해야……?"

"굳이 하루 이틀이라도 머물겠다면, 그동안 자네 살 도리만 자네가 알아서 하면 되네! 그렇게 할 수 있겠나?"

철민은 고개부터 끄덕이고 본다. 그러나 진 노사가 말한 의미가 선뜻 와 닿지 않는다.

진 노사 가볍게 혀를 차며 덧붙인다.

"방이야 어차피 비어 있는 게 하나 있으니, 그걸 쓰면 될 테고……."

그 말에 또 철민이 새삼스레 암자를 한번 훑어본다. 그러나 '비어 있는 방'같은 건 딱히 보이지 않는다.

"이리로 와 보게!"

진 노사가 앞장서더니 암자를 왼쪽으로 돌아서 간다.

그런데 과연 그쪽에, 앞쪽에서는 보이지 않던 방문 한 개가 있다. 역시나 엉성한 나무 격자에 창호지가 발린 문인데, '비어 있는 방'이어서인지 창호지는 몇 군데가 찢어진 채였다.

방문을 열고 성큼 안으로 들어서는 진 노사를 철민이 따라서 들어간다.

방은 앞쪽 방에 비해서는 크기가 사뭇 작다. 게다가 못쓰게 된 것으로 보이는 솥이며, 그릇 따위의 잡동사니가 한가득 쌓여 있다. 아마도 창고로 쓰이는 곳인 모양이다.

'그래도 어디인가?'

철민은 그래도 반가운 마음이었다. 괴팍하여 도통 정이 안 가는 노인네하고 한 방에서 자지 않아도 된다는 것만으로도! 그렇더라도 당장 온몸으로 느껴지는 '빈방'이 확연히 와 닿았다. 우선은 썰렁하다 못해, 오히려 바깥보다 더욱 차가운 냉기가 '훅!' 덮쳐 와서는 온몸 가득 안긴다. 그리고 바닥은 더한 냉골이다. 금세 발이 시리다.

"쌀은 여기 있네!"

안쪽 벽에 기대어진 종이 포대 하나를 툭 치며 진 노사가 말했다. 10킬로그램짜리 포대이지 싶은데, 안에는 쌀이 반 조금 못 미치게 남아 있다.

진 노사는 방을 나서 다시 바깥으로 나간다. 이어 마당 한 구석으로 철민을 데려가서, 땅에 묻힌 독 하나를 보여준다. 김칫독이다.

"자네가 먹을 만한 건, 방금 보여준 것들이 다일세!"

진 노사의 말에 철민은,

'정말……?'

하고 설핏 의심스러워졌다. '다른 건 일절 없으니, 못 견디겠다 싶거든 지금이라도 내려가라!'는 엄포로도 들린 까닭이다.

설령 정말이라고 해도 그렇다. 정말 먹을 게 쌀과 김치뿐이라면, 그건 진 노사 자신에게도 마찬가지로 적용될 것 아닌가?

'진 노사가 그렇게 먹는다면, 나도 그럴 수 있지!'

이내 철민은 그렇게 마음을 먹었다.

진 노사는 이어 샘과 화장실을 보여주었다.

집 왼편으로 나 있는 오솔길을 따라 완만한 경사지를 30여 미터쯤 올라가면 거의 암자만큼이나 커다란 바위가 하나 나온다. 샘은 바로 그 바위 아래에 있다. 그러나 아마도 겨울철 갈수기라 그런지 몰라도, 졸졸거리며 흘러내리는 가느다란 물줄기와 그 아래 기껏 손목 깊이로 물이 고인 작은 웅덩이가 고작이다.

철민은 화장실을 보고 나서 쓴웃음을 짓고 만다.

집 뒤쪽의 비탈에 만들어 놓은 간단한, 간단해도 너무 간단한 움막이 바로 화장실이다.

나무로 대강의 얼개를 엮고, 다시 나뭇가지와 거적 등으로 사방의 벽을 치고 지붕을 덮어 놓았는데, 벽에 숭숭 뚫린 구멍으로 안쪽이 훤히 들여다보인다. 굳이 들여다볼 사람은 없겠지만!

"냄비와 그릇, 수저는 그때그때 씻어서 쓰도록 하게!"

아궁이 앞에 그대로 놓여 있는 냄비와 김치를 담았던 사발,

그리고 수저 등을 가리키며 진 노사가 하는 말이다.

철민이 고개만 주억거리고 있을 때 진 노사가 마침 더 생각이 났다는 듯 덧붙인다.

"그리고 우선은 땔나무부터 구해 오도록 하게! 오랫동안 비워 놓은 방이니, 한 서너 시간은 불을 때야 밤에 떨지 않고 잘 수 있을 게야!"

"아… 예!"

마지못해 대답을 하면서도 흘깃 한쪽으로 눈길이 가지 않을 수 없었다. 앞쪽 방, 즉 진 노사의 방 아궁이 옆의 벽을 따라 처마에 닿도록 높다랗게 쌓여 있는 장작!

그러니까, 진 노사의 말인즉슨,

'언감생심 내가 힘들여 해놓은 땔감 축낼 생각 하지 마라! 네 방에 땔 나무는 네가 알아서 구해 와라!'

그런 얘기쯤일 것이다.

철민은 진 노사에 대해 섭섭하다 못해 괘씸한 생각까지 들었지만, 진 노사가 이미 말한바 "암자에 머무르려면, 네 살 도리는 네가 알아서 하라!"는 의미가 바로 그런 것일 테니, 감히 이의를 품을 엄두를 낼 수 없다.

그러나 당장 막막하고 난감한 노릇이 아닐 수 없었다. 보이는 데까지의 사방이 온통 눈밭인데, 도대체 어디로 가서 땔감을 구해오라는 건가?

“쯧!”

철민이 들으라는 듯 혀를 차며 진 노사가 처마 아래 쪽을 가리킨다.

그곳에 지게와 낫, 톱 등의 연장이 잘 정돈된 채 벽에 기대어져 있거나, 걸려 있다.

“여우골 쪽으로 내려가 보게! 죽은 나무들이 꽤 있을 걸세!”

진 노사가 가리킨 곳은 암자에서 왼쪽 편의 골짜기다. 그리고 진 노사는 자신이 할 바는 다했다는 듯, 뒷짐을 진 채 설렁설렁 자신의 방으로 들어가 버린다.

제4장

1,080

돈으로 치면 얼마나 될까?

철민은 간편한 옷으로 갈아입었다.

당장 땔감을 구하러 나갈 각오가 섰다기보다, 일단은 성의라도 보여야 할 것 같아서다.

철민은 어렸을 때 시골 생활을 해본 바는 있다.

그러나 어린 그가 일을 하는 것에 대해서는 엄마가 극성이다시피 못하게 했으므로 지게를 져본 적조차 없었다.

철민이 톱과 낫을 챙겨 지게에 싣고 어깨에 짊어졌는데, 지게가 몸에 달라붙지 않고 따로 노는 게 영 어색하다.

그는 지게를 덜렁거리며 천천히 여우골 쪽으로 방향을 잡았다.

아무것도 없을 것 같더니, 골짜기를 따라 얼마 내려가지 않아 눈 속에 파묻힌 와중에도 삐죽삐죽 모습을 드러내고 있는 죽은 나무들이 제법 보인다.

나뭇가지 하나를 발로 툭 차니 쌓였던 눈이 '푸스스!' 날리며 훨씬 큰 본래의 형체를 온전히 드러낸다.

철민이 잔가지는 낫으로 쳐내고, 굵은 가지는 톱으로 베어낸다. 나무가 눈 속에서도 거의 젖지 않고 말라 있는 터라, 어설픈 톱질에도 쉽게 잘라진다.

지게에다 하나둘 나무를 올려 쌓다보니, 어느새 지게가 한 짐이었다.

철민이 지게 끈에다 양 어깨를 밀어 넣고, 긴 막대기 하나를 지겟작대기 삼아 일어난다.

그러나 그만 옆으로 기우뚱 중심이 쏠리는 바람에, 애써 쟁여 놓은 땔감들이 와르르 쏟아지고 만다.

그나마 나동그라지지 않았으니 다행이지, 자칫 비탈을 구를 뻔했다.

철민은 욕심을 버리고 좀 전의 절반가량만 지게에 싣는다.

덕분에 이번에는 무난하게 일어설 수 있었다. 그러나 이내 지게의 무게가 묵직하니 양쪽 어깨를 짓누르기 시작한다.

지겟작대기로 균형을 맞추자 그런대로 걸을 만은 하다.

발밑을 확인해 가며 조심조심 걷다가 보니 조금씩 요령도 생겨서, 저 앞쪽으로 암자가 보일 즈음에는 제법 걸음에 속도가 난다.

"어랏~ 차!"

철민이 기합까지 넣어가며 제 방의 아궁이 옆에다 지게를 부린다.

와르르~ 투닥닥!

나뭇가지들이 땅바닥으로 쏟아져 내리는 메마른 소리가 제법 요란하다.

기합에다 '제법 요란한' 소리까지 만들어 냈건만, 기대했던 진 노사의 치사는 들을 수 없을 듯하다. 낮잠이라도 깊이 들었는지, 진 노사의 방에서는 아무런 기척이 없다.

그래도 어깨를 짓누르고 있던 무게가 한순간에 사라져 마치 날아갈 듯 몸이 가볍다.

지나가는 한 줄기 바람에 문득 온몸이 시원해진다.

그러고 보니 이마와 등줄기에까지 진득하니 땀이 배어 나와 있다.

대충 이만하면 오늘 하루 쓸 땔감으로는 충분하다 싶다.

그러나 두고 온 반 짐의 땔감에 대한 미련이 생기기도 해서, 철민은 기왕 땀 흘린 김에 한 번 더 갔다 오기로 한다.

철민은 다시 여우골로 향하는 도중, 시원한 것도 잠깐 땀이 식으면서 금방 추워졌다. 그러나 중간에 다시 돌아가기도 그래서 오히려 걸음을 재촉한다.

아까 땔감을 남겨 두었던 곳에 도착해서, 지게에다 싣고 나니 욕심이 더 생긴다. 이제 지게질에도 어느 정도 요령이 붙었으니, 기왕이면 반 짐이 아닌 온 짐을 만들고 싶은 욕심이 났다. 그리하면 적어도 내일 하루는 다시 땔감을 구하러 나오는 수고를 하지 않아도 될 터였다.

철민이 부지런히 낫질과 톱질을 한 끝에, 금세 지게 한가득 짐을 만들었다.

지게를 짊어지자 버거운 감은 있었지만 그래도 제법 안정되게 일어날 수 있었고, 그는 조심조심 걸음을 옮긴다.

그러나 확실히 무리가 되긴 했다. 암자에 도착했을 때 철민은 아예 속옷까지 흥건하게 땀에 젖었고, 온몸의 힘이란 힘은 거의 다 소진되었을 정도로 지쳐 버렸다.

그래도 지게를 부리고 나자, 그의 아궁이 옆으로는 제법 수북하도록 땔감 더미가 쌓였다.

흡족하기 그지없다. 아껴만 쓴다면 한 사나흘까지도 땔 수 있을 것 같았다.

화르륵!

아궁이 속 마른 솔가지에 불을 붙이자 곧장 불길이 타오른다.

다시 잔가지들을 올려 주니 금세 불길이 커진다.

그 위에 다시 굵은 나뭇가지들을 올려놓고 철민은 샘으로 향했다. 땀이 식기 전에 좀 닦을 참이었다.

샘 주변을 보니 다 찌그러진 양은 세숫대야가 하나 있다. 거기에 물을 퍼 담아서 시원하게 세수를 하고 발까지 씻었다.

샘물은 얼음처럼 차갑다. 그러나 몸에 열기가 남아 있어서인지 그다지 춥지는 않다.

그렇더라도 금방 발이 시려왔기에, 철민은 겅중겅중 뛰듯이 얼른 아궁이 곁으로 돌아간다.

그새 장작까지 제대로 불이 붙었는지, 아궁이 속은 활활 기세 좋게 타오르는 불길로 가득했다. 아궁이 주변까지 뜨거운 열기가 후끈거린다.

철민은 문득 뿌듯해진다. 마치 아무것도 없다가 갑자기 많은 게 생긴 것만 같다. 기껏 아궁이에서 타오르는 불길 하나로 말이다.

'돈으로 치면 얼마나 될까?'

철민은 문득 그런 생각을 해본다.

10만 원……?

이 암자를 통째로 산다고 해도 100만 원……?

넉넉잡아도 천만 원은 절대 넘지 않을 것이다.

그러나 철민은 지금, 저 아궁이 속의 불길에 의해 천만 원이니, 일억 원이니 하는 따위의 액수로는 따질 수 없는, 가치 그 이상의 가치를 누리고 있는 기분이었다.

뭐라도 해보자!

휴대폰은 여전히 먹통이다.

소위 첨단 기기에다 제법 비싸기까지 한 그 고급 기계는 지금, 그다지 실용적이지도 못한 시계로 쓰이고 있다.

어느새 오후 2시가 훌쩍 넘어가고 있는 중이라는 데서 철민은 문득 새로운 사실 하나를 발견한 느낌이다. 모든 게 느리게만 흘러가는 것 같더니, 막상은 이렇게나 빠르게 시간이 지나가고 있었다니!

점심시간이 훌쩍 지나가 버렸지만, 점심을 거를 수는 없었다.

일 좀 했다고 그새 허기가 지는 것도 그렇지만, 아침을 거저 얻어먹었으니 점심은 자신이 준비하는 성의쯤은 보여야 할 것 같다.

아침에 밥이 좀 모자랐었으니, 이번에는 밥을 좀 많이 하려고 한다.

그러나 하나뿐인 냄비가 원체 작아서 그럴 수가 없다.

불 위에다 직접, 그것도 장작불 위에다 밥을 해보는 건 처음이었지만, 그런대로 뜸이 잘 들었다.

철민은 기왕 생색내는 김에 확실히 내기로 한다. 밥상을 '진 노사의 아궁이'가 아닌, '자신의 아궁이' 앞에다 차리는 것이다.

김칫독에서 김치 한 포기를 꺼내 오는 길에, 진 노사의 아궁이에 들러 수저도 챙긴다. 그리고 아침에 진 노사가 했던 대로 장작 몇 개를 잇대어 놓은 위로 김치 사발과 밥이 담긴 냄비를 올려놓는다.

"노사님."

철민이 진 노사의 방문에다 대고 나직이 불렀다.

그러나 방 안에서는 아무런 기척이 없다. 섬돌 위에 신발 한 쌍이 나란히 놓여 있으니, 분명 방 안에 사람이 있을 텐데 말이다.

"점심을 차려 놓았습니다! 식사하시죠!"

철민이 좀 더 소리를 높였다. 그러고 나서야 방 안에서 작게 기척이 들리더니, 이어 나직한 대답이 돌아온다.

"자네 할 도리나 하라고 하지 않았던가? 마찬가지로 내 할 도리는 내가 알아서 할 터이니, 자네는 신경 쓰지 말게!"

이건 또 무슨 소리인가? 이 코딱지만 한 암자에서, 밥 먹는 것까지 따로따로 하자는 건가?

어쨌든 달갑지 않다는 반응이라 철민은 더 이상 권하지 않았다.

그래도 혹시나 해서 잠시간 더 기다렸지만, 진 노사의 방은 조용할 뿐이었다.

꼬르르륵!

배 속에서 허기를 호소하는 소리가 길고도 생생하다.

철민은 더 이상 참지 못하고, 그의 아궁이로 돌아간다.

우적우적!

철민은 밥 한 냄비와 김치 한 포기를 순식간에 먹어 치워버렸다. 스스로 생각하기에도 게걸스럽다.

냄비와 김치를 담았던 사발과 수저를 샘으로 가져가 깨끗이 씻고, 다시 원래의 자리로 가져다 놓는다.

그러고 나니 철민은 문득 멍해지는, 혹은 맹해지는 기분이었다.

'이제 또 무얼 해야 하나?'

모르겠다. 아니, 딱히 할 일이 없다. 아무것도! 그럼으로써 암자에는 갑자기 고요와 정적만이 감도는 듯하다.

철민이 방문을 열고 아랫목에 손을 대보니 확연히 따뜻해지고 있었다. 그러나 아직도 방 전체로는 싸늘한 냉골의 기운이 미처 가시지 않고 있다. 그러니 그 안에 들어앉아 추위에 떨고 있느니, 아궁이 앞에 있는 게 훨씬 낫겠다 싶어, 그는 아예 흙바닥에 엉덩이를 붙이고 자리를 잡는다.

아궁이로부터 뿜어져 나오는 후끈한 열기가 전신을 데운다.

배가 불러서인지 금세 노곤해지더니 스멀스멀 졸음이 밀려온다.

철민은 꾸벅꾸벅 졸다가 깜빡 잠이 들고 말았다.

서늘한 느낌에 퍼뜩 눈을 뜨니 아궁이에는 장작이 다 타고 남은 알불만 발갛다.

철민은 얼른 굵은 나무토막 몇 개를 아궁이에 집어넣는다. 바싹 마른 나무둥치에 금세 불길이 옮겨붙는다.

그는 계속 퍼질러 앉아 있기도 그래서, 아궁이를 벗어나 마당으로 나간다.

마침 건너편 먼 산마루로 뉘엿뉘엿 해가 넘어가고 있었다. 황금빛과 붉은 기운이 뒤섞이는 광경이 꽤나 볼만해서 철민은 잠시 넋을 잃고 바라보았다.

해는 금세 모습을 감춰 버린다. 그리고 기다렸다는 듯 사방에서 어둑어둑한 기운이 몰려든다. 갑자기 쌀쌀해지는 듯해서 철민은 다시 아궁이 앞으로 돌아간다.

휴대폰을 보니 벌써 6시가 가까워졌다.

퍼뜩 저녁 생각이 났지만, 철민은 이내 생각을 접는다. 점심을 배불리 먹고 한참 늘어지게 잔 까닭인지 허기가 느껴지지도 않거니와,

'진 노사가 이제 또 어떻게 나오는지 한번 보자!'

하는 꽁한 마음도 조금쯤은 생긴다. 자신이야 저녁을 안 먹어도 견딜 만하겠다 싶은데, 점심부터 거른 진 노사는 그러기 어렵지 않겠는가?

진 노사가 밥을 할 것인지, 또 그런 다음에 자신에게 함께 먹자고 권할 것인지, 철민은 한번 지켜볼 작정이었다.

방으로 들어오니 이제 제법 훈기가 감돈다. 아랫목은 뜨겁기까지 하다.

아랫목에다 이불을 깐 철민은 다시 맹한 상태가 되고 말았

다. 다시금 딱히 할 일이 없게 된 것이다.

그렇다고 아직 이른 시간에, 더욱이 이미 한바탕 쪽잠을 자고 난 뒤라 자리에 눕는다고 잠이 올 것 같지도 않다.

'뭘 할까?'

하다가,

'꼭 뭘 해야 하는 걸까?'

하는 생각까지 꼬리에 꼬리를 물고 일어난다.

그러다 문득 떠오른 것은… 108배였다.

이 시점에, 이런 상황에서 불쑥 108배라니?

난데없다. 엉뚱하기 짝이 없다.

그러나 철민은 오래 생각할 게 없었다.

'여기까지 와서 멍이나 때리고 있느니, 뭐라도 해보자!'

'여기까지 왔으니, 이전까지는 해보지 않았던 무언가를 해보는 것도 괜찮겠다!'

'도시에서도 하고자 하면 굳이 못할 이유야 없겠지만, 이 깊은 산중에서 하는 108배는 또 무언가 특별하고 의미가 있을 것 같다!'

그런 생각이었다.

1,080

'그까짓 거!'

그랬는데 막상 스무 개쯤 하고 나자 벌써 힘이 들기 시작한다.

40개를 넘기자 얼굴에 땀이 배고 숨이 찬다.

70개쯤에는 다리가 후들거린다.

'이쯤에서 그만둘까?'

유혹이 꿀떡 같다.

90개쯤에는 숨을 헐떡거린다.

머릿속은 오로지 힘들다는 생각만으로 가득하다. 그래도 몸은, 그저 관성인 듯 움직이고 있다.

100개를 넘기자 허리와 무릎관절이 비명을 지른다.

그렇더라도 이제 몇 개 안 남았다는 생각에, 끝까지 해내리라는 의지가 강해진다.

106!

107!

마침내 108!

철민은 그대로 이불 위에 대자로 누워 버린다.

온몸을 지배하던 힘겨움이 순식간에 사라지고, 대신 힘겨웠던 만큼의 편안함이 새로이 온몸을 지배한다. 이럴 수가 있을까 싶을 정도로 온몸이 날아갈 듯하다. 머릿속마저도 깨끗하게 비워지며, 청량하게 맑아지는 기분이다.

제법 긴 시간이 지났을 줄 알았더니, 기껏 25분쯤 지났을 뿐이다.

또 새로운 걸 하나 발견한 듯하다.

힘이 들긴 했지만, 기껏 30분도 안 되는 짧은 시간의 투자로 이런 기분을 느낄 수 있다니!

일부러 돈을 주고라도 해볼 만한 고생이 아닌가?

철민은 정말로 손끝 하나 꼼짝하지 않고 죽은 듯이 누워 있었다.

숨을 쉬고 있다는 것 외에는 별다른 생각도 없이, 그저 편안하다는 느낌만 충만할 뿐이다.

이런저런 생각이 하나둘 떠오르며 다시 머릿속이 채워지기 시작한 건, 그렇게 누워 있은 지 한 5분가량 지났을 즈음이다.

잡념들을 떨치기 위해서라도 벌떡 몸을 일으켜 앉으며, 철민은 불쑥 충동 하나를 떠올린다.

'이참에 1,080배에 한번 도전해 볼까?'

남들은 3,000배니, 심지어 10,000배까지도 한다는데, 이 깊은 산중 암자에까지 와서 기껏 108배를 하고서 무언가를 했다고 하기에는 너무 초라하지 않은가? 적어도 1,080배 정도는 해야, 남다른 무엇을 해봤다고 할 수 있지 않겠나?

엉뚱한 충동이다. 쓸데없는 욕심이다.

그의 몸과 마음 한편에서는 벌써 강력한 거부감이 일어나고 있다.

그러나 그 '강력한 거부' 때문에라도 그는, 일단 시작해 보기로 마음을 먹는다.

'하는 데까지만……!'

109!

첫 숫자는 그렇게 시작했다. 이미 108배를 했으니, 그다음부터 채워 나가자는 얄팍한, 그러나 충분히 실리적인 계산이다.

"끙~!"

무릎을 세우는데 절로 된소리가 새어 나온다. 이미 한 차례의 고됨 후에 편안함을 누리고 있던 온몸의 관절들이 화들짝 놀라며 '우두~둑!' 호들갑을 떨어댄다.

110!

…….

150!

식었던 몸에 다시 진득하니 땀이 배어난다.

200!

…….

250!

온몸은 땀범벅이다. 관절들은 아우성을 쳐대고 있다. 당장에 그만두라고! 이미 한계를 넘었다고!

300!

…….

400!

"죽겠다~!"

저절로 흘러나온 그 소리가 마치 주문처럼 반복되기 시작한다.

"죽겠다~!"

"죽겠다~!"

500!

…….

600!

묘한 느낌이다. 고통과 피로감이 오히려 덜해지고 있다. 혹은 아예 무감각해지고 있는 것일까?

700!

다시 고비가 찾아온다. 당장 죽을 것만 같은 고통과 피로감이다. 그러나 이제는 억울해서라도 그만둘 수 없다. 끝까지 채우고 말리라! 지금 하지 않으면 평생 다시는 못 할지도 모르고, 이미 땀을 두어 바가지쯤은 족히 쏟았을 터인데 얼마나 억울한 일인가?

800!

…….

900!

이제는 숫자만이 생생한 의미로 새겨지고 있다. 그 외의 나머지 모든 것은 마치 그와는 별개인 것들처럼 그저 지나갈 뿐이다. 시간도! 고통마저도!

그리고 마침내,

1,080!

철민은 그대로 허물어지고 말았다. 아니, 아예 널브러졌다.

그런 와중에도 숫자에 대한 집착이 여운처럼 그를 붙잡고 늘어진다.

'혹시 중간에 몇 개쯤 빼먹지는 않았을까? 아니다! 설령 그렇다고 하더라도 그건 착오일 뿐이다. 일부러 그런 건 단 한 개도 없다. 결단코!'

괜한 불신과 그것에 대한 하찮은 변명들이 한동안 떠오른다.

그리고 나서야 철민은 다른 쪽으로 관점을 옮겨갈 수 있었다.

'도대체 얼마나 한 걸까? 몇 시나 된 거지?'

그러나 철민은 휴대폰을 열어 시간을 보는, 지극히 간단한 행위조차 하지 못했다.

잠이 쏟아진다. 그야말로 폭포수처럼!

그는 그대로 곯아떨어지고 말았다. 온몸이 흥건히 젖은 채로.

제5장

또 하나의 눈

대청소나 좀 하세!

철민은 설핏 잠에서 깼다. 누군가의 기척이 느껴져서였다.

그러나 잠을 깬 것과는 별개로, 눈이 쉽게 떠지지 않는다. 무겁다. 눈뿐만 아니라, 온몸이 천근만근의 무쇠덩이에 짓눌린 것같이 무겁다.

"이런… 쯧쯧! 이마가 불덩이네?"

말소리와 함께 이마에 손 하나가 얹히고 나서야 철민은 겨우 눈을 뜬다.

진 노사다.

억지로 몸을 일으키려 하다가, 철민이 그만 입을 떡 벌리고 만다.

온몸의 뼈마디와 근육들이 죽겠다고 아우성을 쳐대는데, 마치 기절하는 것만 같아서, 한순간에 맥이 탁 풀리고 만다.

그뿐만 아니다. 머리는 지끈거리고, 입과 목은 칼칼하여 마른침이라도 삼키려니 바늘에라도 찔리는 듯이 목구멍이 뜨끔거린다.

몸살인가? 아주 된통 몸살에 걸리고 만 것 같다.

"그러게 돌아가라고 할 때, 진즉 말을 들었으면 좋았을걸!"

진 노사는 무심하게 핀잔을 던지더니 방을 나가 버렸다.

한참 후, 진 노사가 다시 들어오는 기척이 있었지만, 철민은 눈을 뜨지 않았다. 그럴 기력조차도 없었지만.

"이거라도 좀 마셔 보게!"

진 노사가 철민의 어깨를 흔들어 깨우더니, 등을 받치며 그를 일으켜 앉힌다.

"아… 아……!"

철민이 비명과도 같은 신음을 토해낸다.

"젊은 사람이 웬 홍감이 이리 심한가?"

여지없이 진 노사의 핀잔이 떨어졌다.

진 노사의 옆에는 작은 주전자와 투박한 찻잔 하나가 놓여 있다. 진 노사는 주전자를 기울여 찻잔에다 거무스름한 액체를 반쯤 채워 철민에게 내민다.

"마시게!"

무엇이냐고 물을 여지 같은 건 아예 주지 않는 명령조다.

철민이 억지로 찻잔을 받아 드는데, 그 간단한 움직임조차도 여간 고역이 아니다. 더욱이 그 거무스름한 액체의 맛이라니……! 쓰고, 시고, 떫고, 매캐하고……! 한 모금을 머금는 순간 철민은 오만상을 쓰고 말았다.

"구하기 쉽지 않은 약이니, 남기지 말고 다 마시게!"

진 노사의 명령조가 한층 강해졌다.

철민은 감히 거역하지 못하고 한 모금씩 힘겹게 찻잔을 비워낸다. 그래도 뜨끈한 차를 몇 모금 마시고 나니, 몸이 조금은 나아지는 것 같다. 그러나 그것도 잠시뿐, 이내 속이 메스꺼워지고 머리가 어지럽다. 그 통에, 철민은 쓰러지듯이 도로 자리에 눕고 만다.

"간밤에 무슨 일이라도 있었나? 보아하니 제대로 눕지도 못하고, 그냥 쓰러져 잠이 든 행색인데……?"

진 노사가 묻는 말에, 철민이 지레 무안하여,

"그게……."

하고 말끝을 늘린다. 뭐라고 대답하기가 곤란하다. 그러나 진 노사가 빤히 내려다보고 있는 터라, 사실대로 털어놓을 수밖에 없었다.

"108배를 하다가……."

"108배? 난데없이 108배라니? 도대체 무슨 영문으로?"

진 노사가 이마를 찡그리며 반문하고는, 끌탕하며 다시 잇는다.

"끌끌! 그렇기로서니, 젊은 사람이 고작 108배 좀 했다고 이리 몸살로 드러눕는다는 말인가?"

"그게 아니라……."

"그게 아니면?"

"108배를 하고 나서… 다시 1,080배를 했습니다!"

철민이 겸연쩍게 해명했다.

설핏 커진 눈으로 잠시 철민을 보고 있던 진 노사가, 문득 희미한 실소를 떠올리며 묻는다.

"중들이 108배니, 1,080배니 하는 것을 왜 하는 줄 아는가?"

"……."

"다 마음을 비우려고 하는 게야! 일종의 행선(行禪)이지! 그런데 그게 그냥 넙죽넙죽 절이나 하는 것으로 보여도, 아무렇게나 하는 게 절대 아닐세! 절하는 법을 제대로 배우고 나서

해야지, 쉬워 보인다고 마구잡이로 했다가는 몸 버리기 십상이란 말일세!"

지금 스스로의 몸 상태가 모든 걸 말해주는 것이니, 철민은 아무런 대꾸도 할 수가 없다.

그런 철민을 잠시 지긋하니 보고 있더니 진 노사가 다시금 불쑥 묻는다.

"그런데 자네는 왜 갑자기 108배를… 1,080배를 했는가?"

역시나 곤란한 질문이다. 스스로의 쓸데없고도 엉뚱했던 욕심까지 곧이곧대로 차마 말할 수는 없어서 철민은 얼굴만 붉힌다.

잠시 바라보고 있던 진 노사가 주전자와 찻잔을 챙겨 들고는 방을 나간다. 그리고 잠시 후, 다시 방으로 들어온 그의 손에는 죽 한 그릇과 김치 사발이 들려 있었다. 언제 또 죽을 쑤었던 모양이다.

철민은 입안이 깔깔한 것이, 죽 그릇을 앞에 두고도 도무지 먹을 생각이 들지 않는다.

"이 늙은이에게 자네 수발까지 시킬 셈인가? 억지로라도 먹고 얼른 털고 일어나도록 하게!"

진·노사가 호통을 쳤다.

그에 철민은 죽 그릇을 입에 대고 꾸역꾸역 입안으로 밀어 넣을 수밖에 없었다.

철민은 그날 온종일을 끙끙 앓아 누웠다. 진 노사가 점심과 저녁에 다시 죽 한 그릇씩을 쒀 왔는데, 그때마다 죽 그릇을 다 비우라고 호통을 쳐 철민은 서러움에 눈물이 다 날 지경이었다.

그리하여 철민은 다짐 아닌 다짐을 하며 그날 밤을 보냈다.

'내일 아침에는 꼭 회복하여 일어나리라!'

철민은 눈부심을 느끼며 눈을 떴다.

문의 창호지로 햇살이 은은하게 배어 들어오고 있다.

아침이다. 어제와 별반 다르지 않지만, 엄연히 다른 또 하나의 새로운 아침!

철민은 겨우 몸을 일으킨다.

힘겹지만, 어제보다는 한결 몸이 나아진 것 같았다.

다만 몸을 조금 움직여 볼라치면, 여전히 누군가 우악스럽게 잡아 비트는 것처럼 근육들이 화들짝 고통을 호소한다.

그러나 지난밤의 각오가 있었기에 더 이상 자리를 보존하고 있을 수는 없었다.

철민이 겨우 운신하여 바깥으로 나간다.

절뚝거리다시피 하며 냄비에 쌀을 안쳐 아궁이에 올려놓는다.

식욕은 없지만, 먹어야 한다는, 먹고 조금이라도 빨리 몸을 회복해야 한다는 의지는 강했다.

밥이 다 되어갈 즈음 철민이 진 노사의 방으로 갔다. 안에서는 아무런 기척이 없었다.

그러고 보니 섬돌에 놓였던 신발도 보이지 않는다.

어디 아침 산책이라도 나갔나 하고 한참을 기다려도 진 노사는 나타나지 않았다.

진 노사를 끝까지 기다릴 만큼의 성의는 또 없어서, 철민은 우선 먹기로 한다.

그런데 식욕이 없던 것과는 달리 막상 김치와 함께 먹다 보니 밥이 제법 잘 먹힌다. 종내에는 꾸역꾸역 냄비를 다 비워버린다. 진 노사가 돌아와 뭐라고 하면 다시 밥을 해주리라 생각해 본다.

철민이 식사 후에 샘으로 가서 설거지까지 끝내고, 다시 아궁이 앞에 자리를 잡으려 할 때였다.

마당 저쪽에서 진 노사가 휘적휘적 걸어오고 있다.

"아침 다 먹었으면 대청소나 하세!"

그 말에 철민은 혼자서 밥을 다 먹어 치운 미안한 마음은 간데없어지고, 문득 서운한 마음이 불쑥 치밀었다. 하루 밤낮을 끙끙 앓다가 겨우 일어난 사람에게 청소를 시키겠다니, 편한 꼴은 잠시도 못 보겠다는 심보인가?

"일체유심조라! 어디 108배만 행선이겠는가? 청소를 하는 것 또한 행선인 게지!"

진 노사가 무심한 듯이 흥얼거렸다.

또 하나의 눈

대청소라고 할 것도 없었다.

마당에 두텁게 쌓인 눈까지 치울 것은 아니었으니, 청소할 곳이라야 방 두 개가 전부다.

다만 그럼에도 철민은 다시 진 노사가 괘씸하다는 생각이 든다. 대청소를 하자더니 빗자루와 걸레, 그리고 먼지떨이를 철민에게 챙겨 주고, 정작 자신은 휘적휘적 어디론가 가버렸으니 말이다.

그러나 어찌하겠는가? 어쨌든 신세를 지고 있는 입장이니 말이다.

철민은 일단 진 노사의 방부터 청소를 시작한다.

그런데 노인네의 까다로운 성품을 보여주듯 방은 소박하나마 깨끗하여 딱히 청소할 것도 없어 보인다. 벽과 천장의 먼지나 대강 한번 턴 다음, 방바닥을 슬쩍슬쩍 훔치는 것으로 충분할 듯했다.

그런데 먼지떨이로 건성건성 벽을 털어 내다 보니, 벽 한쪽에 작은 문 하나가 달려 있는 게 보였다. 황토벽에 철 지난 달력이나 신문지 등으로 덕지덕지 도배를 해 놓은 데다, 그 문 역시 신문지를 발라 놓아 객에게는 눈에 잘 띄지 않을 것이다.

문을 열어 보니 흙벽을 네모나게 파서 만든 자그마한 공간이 나타난다. 아마도 작은 벽장으로 쓰이는 모양인데, 그 안쪽은 바닥에만 신문지가 깔려 있을 뿐, 나머지 삼면은 투박한 황토벽 그대로다.

벽장 안에는 책 몇 권과 아마도 잘 입지 않는 옷가지들을 싸둔 것 같은 보따리 하나가 들어 있었다.

그런대로 잘 정돈이 되어 있는 것 같기에 그냥 두려다가, 그래도 기왕에 열었으니 벽장 바닥이나 한번 닦아 줄까 해서 물건들을 밖으로 끄집어냈다.

그런데 책들을 들어내고, 다시 옷 보따리를 들어낼 때였다.

보따리 아래쪽에 무언가가 놓여 있었다. 거무튀튀한 색에 네모난 형상인데, 손바닥 두 개를 합친 크기였다. 만져 보니 금속류인 듯 차갑고도 제법 묵직한 질감이 느껴진다. 아마도 동판(銅版)인 것 같았다.

어쨌든 그 동판은 세월의 흔적이 묻어 전체적으로 거무튀튀했고, 제법 오랜 풍상을 겪어온 듯 고풍스러운 느낌을 풍기는 데가 있었다. 다만 테두리는 예외로, 최근까지 사람의 손을 많이 탔는지 반들반들하니 윤이 났다.

'골동품……?'

설핏 떠오른 생각에 철민은 절로 피식 웃음을 뱉고 말았다. TV에서 보면 뜻밖의 물건이 귀한 골동품으로 판정되고, 드물게는 수천만 원, 심지어는 억대로 값어치가 매겨지는 경우가 간혹 있지 않던가?

'설마……!'

철민은 벽장 속 바닥을 대충 쓸고 닦아낸다.

그리고 동판부터 다시 넣으려는데, 그 표면에 무슨 무늬 같은 게 이리저리 새겨져 있는 것 같았다.

잠시 들여다보았지만 무늬에 무슨 의미가 있어 보이지는 않는다. 그저 어린아이들의 낙서같이 무질서하고 어지러운 형태에 불과해서, 동판의 표면이 부식되면서 자연스럽게 생긴 균열 같기도 하다.

동판에서 그만 눈을 떼려고 할 때 그는 흠칫 놀라고 만다. 동판의 가운데쯤에 갑자기 새로운 형상 하나가 생겨나고 있었다. 이내 형체를 갖춘 그것은, 아아! 하나의 눈이었다!

마치 살아 있는 듯 생생한 그 눈은, 이어 감히 마주 바라보기 어려울 정도로 형형한 빛으로 그를 쏘아본다.

순간 그는 온몸의 털이 모조리 곤두서는 듯한 경악과 공포에 사로잡히고 만다.

그는 그 눈을 외면하려고 한다. 그러나 그 눈은 그를 놓아주지 않는다. 온 힘을 다해 보지만, 마치 거미줄에 걸린 한 마리의 나방이라도 된 것처럼 도저히 시선을 뗄 수가 없었다.

그리고 다시 한순간 그는 갑자기 눈앞이 캄캄해졌다. 마치 어둠 속에서 갑자기 눈부시도록 밝은 빛을 본 것 같았다. 아찔한 현기증이 덮쳐들고, 이어 그는 온몸의 힘이 모조리 빠져나가는 듯한 무기력증에 빠지고 말았다.

챙~ 강!

날카롭게 울리는 소리에 철민이 퍼뜩 정신을 차린다.

"이런……!"

아직 눈앞이 흐릿해서 잘 보이지 않지만, 동판이 방바닥에 떨어져 깨진 것 같았다.

손아귀에 힘이 풀리면서, 그만 동판을 놓치고 만 것이리라.

철민은 세차게 고개를 흔들었다. 눈앞이 다시 밝아진다.

방바닥에는 박살이 난 동판의 조각들이 어지러이 흩어져 있다.

당황스럽기 짝이 없는 와중에, 철민은 한편으로 찜찜한 느낌이 들었다. 마치 사기를 당한 것 같은 느낌이랄까?

재질이 구리라면, 기껏 바닥에 떨어뜨렸다고 해서 이처럼 간단하게 박살이 나지는 않을 것이다.

결국 동판이 아니라는 것인데, 골동품에도 여러 유형의 모조품이 판을 친다고 하지 않던가? 그러니 이것 또한 진품의 어떤 동판을 모사한 싸구려 재질의 모조품에 불과할 공산이 컸다.

그에 철민은 그나마 안도가 된다.

그리고 그제야 퍼뜩 떠오르는 게 있었다. 그에게 방금과 비슷한 경험이 이미 있다는 사실 말이다. 도무지 현실적이지 않은, 그래서 필경은 유치한 상상의 산물일, 그 기괴한 눈 말이다.

그러나 어쨌든 당장 급한 것은 이 당황스러운 사고를 수습하는 일일 터이다.

철민은 바닥에 쪼그리고 앉아 깨진 조각들을 한데 모은다. 그러면서 혹시나 하는 마음에 조금 큰 조각들을 서로 맞추어 본다.

그러나 그 기괴한 눈의 흔적 같은 것은 전혀 찾아볼 수가 없었다.

언젠가는 사라졌을 물건이라 생각하면 그만인 것일세!

"이게 지금… 도대체 무슨 일인가?"

불쑥 방 안으로 들어서던 진 노사가 흠칫 놀라 외쳤다. 그의 두 눈이 질린 듯이 부릅떠져 있다.

"벽장을 정리하다가 실수로 그만……."

철민은 새삼 당황스러워져서 변명조차 제대로 나오지 않는다.

진 노사의 표정이 딱딱하게 굳어지더니, 이윽고는 싸늘한 기색마저 풍긴다.

"청소를 하라고 했지, 누가 벽장을 뒤지라고 했나? 남의 물건에 함부로 손을 대다니, 이 무슨 무례한 짓이냔 말이야?"

각오했던 정도를 한참이나 벗어나는 강한 질책에, 철민은 더 이상 변명할 엄두조차 내지 못하고 머리를 숙였다.

"죄송합니다!"

진 노사는 한참이나 철민을 쏘아보았다. 그러고는 말없이 쪼그리고 앉아서는 철민이 모아놓은 동판의 조각들을 하나하나 조심스럽게 주워 한쪽 손바닥에 올려 쌓았다.

그런 진 노사의 무거움과 진지함에 철민은 동판이 정말 값나가는 물건이었을지도 모르겠다는 생각을 해보지 않을 수 없었다. 혹은 동판이 하찮은 모조품에 불과하다고 할지라도, 진 노사에게만큼은 어떤 큰 의미가 있을 수도 있었다. 돈으로는 매길 수 없는 가치라는 것도 있는 것이니 말이다.

거기에까지 생각이 미치자 철민은 다시금 고개를 숙였다.

"거듭 죄송합니다! 귀한 물건을 깨뜨렸으니, 제가 어떻게 보상을 해드려야 할지 모르겠습니다."

그 말에 진 노사가 흘깃 철민을 노려본다. 철민이 저도 모르게 흠칫할 만큼 날카로운 눈빛이었다. 그러나 진 노사는 곧바로 눈빛을 거둔다. 그러고는…

"휴~!"

하고 가만히 한숨을 내쉰 다음 애써 담담히 말했다.

"됐네! 자네는 그만 나가 보도록 하게!"

말은 그렇게 했어도 스스로의 화와 안타까움을 추스르지 못하는 기색이 여전했다. 그에 철민은 차마 그냥 방을 나가지도 못하고 엉거주춤 진 노사의 옆에 쪼그려 앉아, 방바닥에 남은 작은 부스러기들을 손바닥으로 쓸어 모은다.

그런 철민을 잠시 지켜보던 진 노사가 한결 풀린 투로 말했다.

"됐다지 않은가? 그만두고 일어나게!"

그렇더라도 철민이 여전히 일어서지 못하자 진 노사가 탄식하듯이 덧붙인다.

"따지고 보면 별로 귀할 것도, 미련을 가질 것도 없는 물건일세! 다만… 언제부터인지도 모를 정도로 오랜 세월을 이어져 내려온 물건이고, 내가 가지고 있던 세월만도 60년 가까이나 되다 보니 나도 모르게 정이라고 할지, 집착이라고 할지, 그런 게 생겼던 모양일세! 그러나 생자필멸(生者必滅)이요, 회자정리(會者定離)라……! 생긴 것은 반드시 없어지고, 만나면 헤어지게 되어 있는 것이 세상의 이치일 터! 자네가 깨지 않았어도 언젠가는 사라졌을 물건이라 생각하면 그만일세!"

진 노사가 문득 희미한 웃음기를 머금으며 말을 이었다.

"물어달라고 하지 않을 테니 그런 걱정일랑 하지 말고, 이제 그만 나가 보도록 하게!"

그에 철민은 부득부득 더 버티고 있을 수 없어서, 쭈뼛쭈뼛한 채 방을 나섰다.

밖으로 나와서 돌아보니 닫힌 문 안쪽에서 진 노사의 안타까운 한숨과 탄식이 맴도는 것만 같아, 철민은 새삼 죄송한 마음이 들었다.

제6장
허기 II

악몽

자신의 방으로 돌아온 철민은 이불도 펴지 않고 맨바닥에 벌러덩 누워버렸다.

그런데 그가 눈을 감은 채 이런저런 잡생각들을 하고 있을 때 불현듯 떠오르는 것이 있었다.

"아, 씨… 파!"

철민은 움찔 놀라며 저도 모르게 욕지거리를 뱉고 만다.

눈이다. 아까 동판에 나타났던, 감히 마주 바라보기 어려울 정도로 형형한 빛으로 그를 쏘아보던 그 눈!

한순간 그 눈이 사라진다.

그리고 바로 이어, 마치 검은색의 자막 위에 가만히 아로새겨지는 것처럼 떠오르는 것이 있었다.

일련의 무늬들이다. 동판에 이리저리 새겨져 있던 그것들?

아아! 그런데 변화하고 있다. 그저 무질서하고 어지러운 형태이더니, 그것들은 문득 다양한 형태의 점과 선과 도형으로 변화되고 있다. 그리고 그것들은 다시 자유롭게 움직이며 재배치되기 시작한다. 마치 한 편의 만화영화처럼! 아니, 오래되어 퇴색된 무성(無聲)의 활동사진처럼!

철민은 머리를 흔들었다.

헛것이었다. 더 이상 하지 않으리라 했던 그놈의 상상놀이가, 그의 의지와는 무관하게 저절로 펼쳐지고 있는 것인가?

그러나 그는 이내 포기했다. 억지로 상상에서 빠져나오기를!

그는 차라리 객석에 앉은 관람객이 되어 무심하게 그 한 편의 퇴색된 무성 활동사진을 감상해 보기로 한다. 그리고 그냥 보이는 대로 물끄러미 바라보기 시작한다.

애써 무심하고자 했기 때문일까? 어느 순간부터 철민은 자연스럽게 빠져들고 있었다. 온갖 형태의 변화를 만들어 내고 있는 점들과 선들과 도형들의 조용한 움직임 속으로! 아무런 의미도, 목적도 없는 몰입이다.

그렇게 그는 점차 편안해지는 기분이 되었고, 다시 어느 순간인지 모르게 잠으로 빠져들고 말았다.

'으아~ 악!'

철민은 있는 힘껏 비명을 내지른다.

목이 터져라 내지르는 비명이다.

그러나 비명은 그의 목구멍 안에서만 맴돌 뿐, 입 밖으로 나가지는 못했다.

그는 지금 엄청난 고통과 공포와 맞닥뜨리는 중이다.

비명을 틔워야만 한다.

그래야 진 노사가 듣고서 달려와 구해줄 것이다.

그러나 아무리 용을 써도 목구멍 안에 갇힌 소리는 도무지 터뜨려지질 않는다.

지금 철민을 죽음보다 더한 고통과 공포 속으로 몰아넣고 있는 것은, 아아! 한 마리의 뱀이다.

새끼손가락 정도의 굵기에 길이 30센티미터쯤 되는!

온몸이 황금색으로 빛나는 기이한 뱀이다.

황금 뱀은 지금 그의 몸속을 마구 헤집고 다니고 있는 중이다.

내장이며 근육과 살을 제멋대로 뚫어대고 있다.

몸이 뚫리는 고통도 고통이지만, 그보다 못 견딜 것은 뜨거움이었다.

뱀은 마치 그 몸뚱이 자체가 강렬한 불덩이로 이루어진 것만 같다.

뱀이 지나가는 궤적을 따라, 그의 몸속 곳곳이 그대로 녹아내리고 있는 것만 같다.

아아! 지독한 악몽이다.

철민은 자신이 지금 악몽을 꾸고 있다는 것을 안다.

그러나 그가 할 수 있는 일은 아무것도 없다.

'깨자! 깨어나야 한다!'

절박하게 부르짖으면서도 막상은 꼼짝도 하지 못한 채, 지독한 고통과 뜨거움에 터뜨리지도 못하는 비명만 질러댈 뿐이다.

이윽고 그의 몸속은 벌집처럼 온통 숭숭 구멍이 나고 만 것 같다.

그런 와중에 다시 온몸 구석구석으로 둔탁한 고통이 번져 나간다.

마치 굵은 쇠몽둥이로 사정없이 두들겨 맞는 듯하다. 내장과 뼈, 나아가 핏줄 하나하나의 깊은 곳까지 속속들이 무어라 형용하기조차 어려운 엄청난 고통이 배어들고 있다.

극통 속에서 허우적거리던 철민은 어느 순간, 몸속 깊은 곳 어딘가에서 우러나오는 기묘한, 그러나 너무도 여린 느낌 하나를 포착한다.

아아! 그처럼 지독하고도 처절했던 고통과 공포의 와중 가녀리게 피어올라, 힘겹게 존재감을 키워나가고 있는 그 느낌이라니……!

시원함? 후련함?

아직은 분명치 않다.

그러나 그 분명치 않은 존재감만으로도 그것은, 그가 여태껏 누려보았던 그 어떤 편안함보다도 더욱 안락하고, 그 어떤 쾌락보다도 더욱 달콤하다.

이윽고 철민은 자신의 지배하에 있는 모든 신경세포를 오로지 그것에 몰입시킨다.

허기(2)

철민은 퍼뜩 잠에서 깼다.

방 안이 환하다.

'아침?'

언뜻 실감이 나지 않는다.

점심나절에 잠깐 누웠었는데, 한바탕의 악몽을 꾸는 사이 하룻밤이 다 가고 다시 새로운 아침이 되었단 말인가?

그러나 창호지를 투과해서 차랑차랑하게 비쳐 들고 있는 햇살은, 아침임을 부정할 수 없게 만든다.

철민의 온몸은 땀으로 흠뻑 젖어 있다.

그러나 마지막이 좋으면 다 좋은 법이라고 했던가?

그처럼 지독한 악몽이었음에도 마지막 순간에 찾아왔던 그 기이한 열락(悅樂)의 여운이 보다 진하게 남아 있는 걸 보면 말이다.

땀이 식으면서 금방 서늘해졌다.

그러나 그다지 춥지는 않다.

오히려 개운한 느낌이다.

남아 있던 감기 기운이 확 달아나 버린 듯하다.

그렇더라도 아궁이의 불씨가 완전히 꺼지기 전에 장작을 더 넣어야 한다.

아침밥을 지으려면!

갑작스럽게도 허기가 몰려든다.

하긴 점심과 저녁, 두 끼를 고스란히 건너뛰고 다시 아침을 먹을 시간이 되었으니 그럴 만도 하다.

그런데 이놈의 허기가 사뭇 요란스럽다.

느닷없이 들이닥쳐서는, 내쳐 맹렬한 기세로 그를 몰아치기 시작한다.

얼마나 맹렬한지, 창자가 쪼그라들다 못해 아주 비틀리는 것만 같다.

이윽고 철민은 도무지 정신을 못 차릴 지경이 되었다.

당장 뭐라도 먹지 않으면 죽을 것만 같았다.

철민은 허둥지둥 밖으로 나갔다.

밤새 눈이 내렸는지 온 마당에 하얗게 눈이 쌓여 있었지만, 지금 그의 눈엔 들어오지 않는다.

그는 우선 아궁이에다 땔감부터 한 아름 쑤셔 넣고는, 한쪽 옆에 치워 두었던 냄비를 찾아 들고는 다시 방으로 들어간다.

그야말로 '후다닥!' 서두른다.

그런데 냄비를 쌀 포대 속으로 푹 집어넣고 보니, 그 정도로는 자신의 허기에 비해 턱도 없을 거란 생각에 다시 냄비를 뺀다.

그리고 잡동사니가 쌓여 있는 윗목 구석을 훑어보니 솥 하나가 눈에 들어온다. 양은 재질 같은데, 거무튀튀하게 변한 색상으로만 보아도 오래되어 못쓰게 된 물건을 처박아 둔 모양이었다.

그러나 냄비에 비해 족히 네다섯 배는 많은 밥을 한꺼번에 지을 수 있을 만큼의 크기였던 까닭에 철민은 주저하지 않고 솥을 집어 든다. 제발 새지만 않기를 바라면서.

서둘러 샘으로 간 철민은 솥을 제대로 씻을 겨를도 없이 대강 헹구고는, 대충 물의 양을 맞춰 쌀을 안치고는 다시 아궁이로 갔다. 더러운 것은 조금도 문제가 되지 않는다. 허기에 눈이 뒤집히고 말 지경이니 말이다.

밥이 되기를 기다리는 시간은 참으로 길고도 괴롭다.

이윽고 밥이 끓으며 솥뚜껑이 들썩거린다.

철민은 제대로 뜸이 들 때까지 기다리지 못하겠는지 일단 솥뚜껑을 열어젖힌다. 아직은 설익은 밥이다. 그래도 한 솥 가득이다. 그는 곧장 숟가락을 꽂았다. 그리고 게걸스럽게도 퍼먹기 시작한다.

'와구~ 와구!'

한참을 정신없이 퍼먹다 보니 문득 솥의 바닥이 보인다.

철민은 그제야 정신이 좀 돌아온다. 갑작스럽게(?) 복부의 팽만감이 느껴진다. 배를 만져 보니 팽팽하다 못해 숫제 터질 듯이 '빵빵!'하다.

그는 바닥을 보이고 있는 솥을 보며 뒤늦게 놀랐다. 자신이 해치운 양에 대해!

적어도 어른 네다섯 명은 넉넉하게 먹고도 남을 양이었다. 그런데 그 많은 밥을 혼자서 다 먹어 치웠다!

놀라운 건 또 있다. 배만 빵빵해진 게 아니다.

미처 몰랐는데, 온몸이 부풀어 오른 것 같다. 거울이 없어 비춰 볼 수는 없지만, 당장 눈으로 보이는 손목과 팔뚝, 허벅지와 장딴지가 그렇고, 심지어 손바닥으로 감싸 본 얼굴도 잔뜩 부풀어 오른 느낌이다.

'이게 도대체 무슨 일인가?'

철민은 잠시 멍하니 있다가 무심결에 하늘을 올려다보았다. 언제 또 그렇게 변한 것인지, 잔뜩 찌푸린 잿빛 하늘이 손에 닿을 듯 가깝게 내려와 있다. 금방이라도 눈이 쏟아질 것만 같다.

위이~ 잉!

멀리 산마루를 타고 지나가는 바람 소리가 사뭇 웅장하다.

'그래! 진 노사!

철민은 문득 진 노사가 생각났다. 진 노사의 아침밥을 챙겨 주어야겠다는 따위의 호의에서는 아니다. 또 괜히 핀잔이나 들을 테니 말이다.

다만 지금 자신에게 무슨 일이 생겼는지, 진 노사에게 물어볼 작정이었다. 물어볼 사람이라곤 그밖에 없으니 말이다.

* * *

섬돌에 진 노사의 신발이 가지런히 놓여 있다.

그러나 철민이 가만히 방 안의 기척을 살폈지만, 안으로부터는 아무런 기척도 없다. 이 시간까지 자고 있을 리는 없을 텐데 말이다.

눈 쌓인 마당에 자신이 만든 발자국 외엔 다른 흔적이 없다는 것을 다시 한 번 확인하며, 철민은 진 노사 방의 아궁이를 살펴본다. 불씨가 죽어 있다.

철민이 서둘러 자신의 방 아궁이로 가 불붙은 나무등치 두 개를 가져와 진 노사의 아궁이에다 넣는다. 그리고 그 위에다 다시 마른 장작 대여섯 개를 올린다. 그러자 금세 장작에 불이 옮겨 붙는다.

타~ 닥!

타다~ 닥!

철민은 불티가 튀는 소리를 들으며 방금 전 가졌던 잠깐의 고민에 대해 스스로 매듭을 짓는다.

사실은 진 노사라고 알 수 있는 일도 아닐 것 같았다. 더욱이 동판을 깨뜨린 지 얼마나 지났다고, 다시 이런 엉뚱한 일로 진 노사를 귀찮게 만들 것까지야 있겠나? 가뜩이나 번거로움을 싫어하는 양반인데!

그리고 갑작스런 몸의 부기야, 지독한 감기 몸살 뒤에 온 잠깐의 부작용쯤일 것이다. 몸이 좀 부었다고 해서, 당장 어디가 아프거나 불편한 것도 아니다. 오히려 활력이 넘치는 느낌이니, 불안해하거나 사서 걱정할 일도 아니었다. 그리고 이 깊은 산중, 진 노사를 제외한 다른 사람의 눈에 이상하게 비칠까 염려할 일도 없다.

'부기야 며칠쯤 지나다 보면 저절로 빠질 것이다! 편하게 생각하자!'

그게 결론이었다.

철민은 방으로 돌아와 멀뚱히 앉아 있자니 문득 멍해지는 느낌이다.

갑자기 이 세상에 온전히 혼자가 된 느낌이다.

사실, 엄마가 돌아가시고 난 이후부터 그리 멀지 않은 최근까지, 거의 대부분 그는 철저히 혼자였다. 하지 않으면 안 되는, 아니 반드시 해야만 하는 일들과 계속해서 부딪쳐 나가야만 하는 생활이었다. 공부를 해야 했고, 알바를 해야 했고, 군대를 갔다 와야 했고, 취업 준비를 해야만 했다.

그러나 지금 그에게 반드시 해야만 하는 일은 없다. 심지어 어제까지만 해도 '나무해라!' '청소해라!' 하고 심심찮게 잔소리를 해대던 진 노사마저 자신의 방 안에 틀어박혀 있다.

지금 이 순간, 그는 그야말로 완벽한 혼자다. 자유다. 배고프면 먹고, 배설하고 싶으면 싸고, 자고 싶으면 자도 되는!

그러나 이런 식의 자유가 반갑지만은 않다. 이것은 자유가 아닌 방치일지도 모른다. 그 스스로를 아무렇게나 내팽개쳐 두는!

철민은 문득 온몸이 근질거렸다. 몸을 좀 움직여야겠다는 생각이 절로 든다.

'무엇이라도 하자!'

터질 듯이 부른, 도무지 꺼질 줄 모르는 배 때문에라도 가만히 앉아 있을 수는 없었다.

철민은 박차듯이 방문을 열고 밖으로 나간다. 그리고 낫과 톱을 찾아 챙기고, 지게를 짊어졌다. 땔감이나 한 짐 해 올 작정이다.

철민은 여우골 쪽으로 길을 잡았다.

이제는 제법 익숙해지기도 해서, 계곡 초입부터 말라 죽은 나무들이 쉽사리 눈에 띈다.

금세 '이 정도면 되겠다!' 싶을 만큼의 나무가 모였다.

모은 나무들을 낫과 톱으로 손질하고 보니, 지게 한 짐 분량이 훨씬 넘게 나왔다.

아무래도 좀 남겨놓고 가야 할 것 같은데, 막상 지게에 싣다 보니 이게 또 슬그머니 욕심이 생긴다. 결국 몽땅 쟁여 싣자, 지게의 덩치가 사뭇 거창하다. 과연 저걸 지고 암자까지 갈 수 있을까 싶었다.

그런데 철민은 불쑥 괜한 뚝심 같은 게 생겼다. 왠지 거뜬히 지고 갈 수 있을 것만 같은.

"여엉~ 차!"

철민이 제법 나무꾼처럼 기합을 넣으며 몸을 일으킨다. 그런데…

'어라……?'

생각 외로 가뿐하게 일어서진다.

'역시 밥심인가?'

하는 생각에 철민은 절로 피식 웃음이 나기도 한다.

걸음도 생각보다 무겁지 않았다. 암자까지 가는 동안 중간에 딱 한 번 쉬었을 뿐이다.

지게에서 땔감을 부리고, 그것을 자신의 방 아궁이 근처에다 수북이 쌓아 놓고 보니, 철민은 괜스레 뿌듯한 기분이 들었다.

마치 부자가 된 듯하다.

뭐랄까, 돈으로 매겨지는 가치와는 사뭇 다른 개념의 부자!

이를테면, 지금 이곳에서는 돈보다 땔감이 당장의 우선 가치를 가진다고 해야 하지 않겠는가?

그런 와중에 철민은 다시 깨달아야만 했다. 돈보다도 더한 당장의 우선 가치를 가지는 것이 땔감뿐만이 아니란 것을!

한바탕 노동을 했기 때문인지 다시 허기가 느껴진 것이다.

터질 듯이 빵빵했던 배가 언제 다 꺼진 것인지 홀쭉해져 있다.

똥 한번 누지 않았는데, 한 솥이나 되던 그 많은 밥은 다 어디로 간 것일까?

참으로 신기하기까지 한 노릇이다.

허기는 금세 맹렬해지고 있다. 당장 뭐라도 먹지 않으면 죽을 것만 같았다. 아니, 이번에는 그보다 더 절박하다.

철민은 허둥지둥 솥을 찾고, 쌀을 담고, 씻고, 장작불에 안쳤다.

그리고 발을 동동 구르다시피 밥이 되기를 기다렸다가, 뜸이 들자마자 솥을 끼고 앉아 아귀처럼 '와구~ 와구!' 먹어 치운다.

금세 솥이 바닥을 보였고, 배는 터질 듯이 불러온다.

그러고는 당연한 순서이기라도 한 것처럼 몸이 근질거린다.

그렇지만 어느새 해가 질 기미가 보였다. 다시 나무를 하러 가기에는 늦었다.

철민은 달리 할 일도 없어서 아궁이 앞에 퍼져 앉았다. 그러자 금세 잠이 쏟아지기 시작한다.

잠은 그야말로 무차별적으로 쏟아졌는데, 도저히 그가 저항해 볼 수 있는 것이 아니었다.

그는 벌써 반쯤 잠에 취해 비틀거리며 겨우 방으로 들어갔다. 그러고는 이부자리를 펼 새도 없이 그대로 맨바닥에 쓰러진다.

"드르~ 릉!"

코고는 소리가 요란하다.

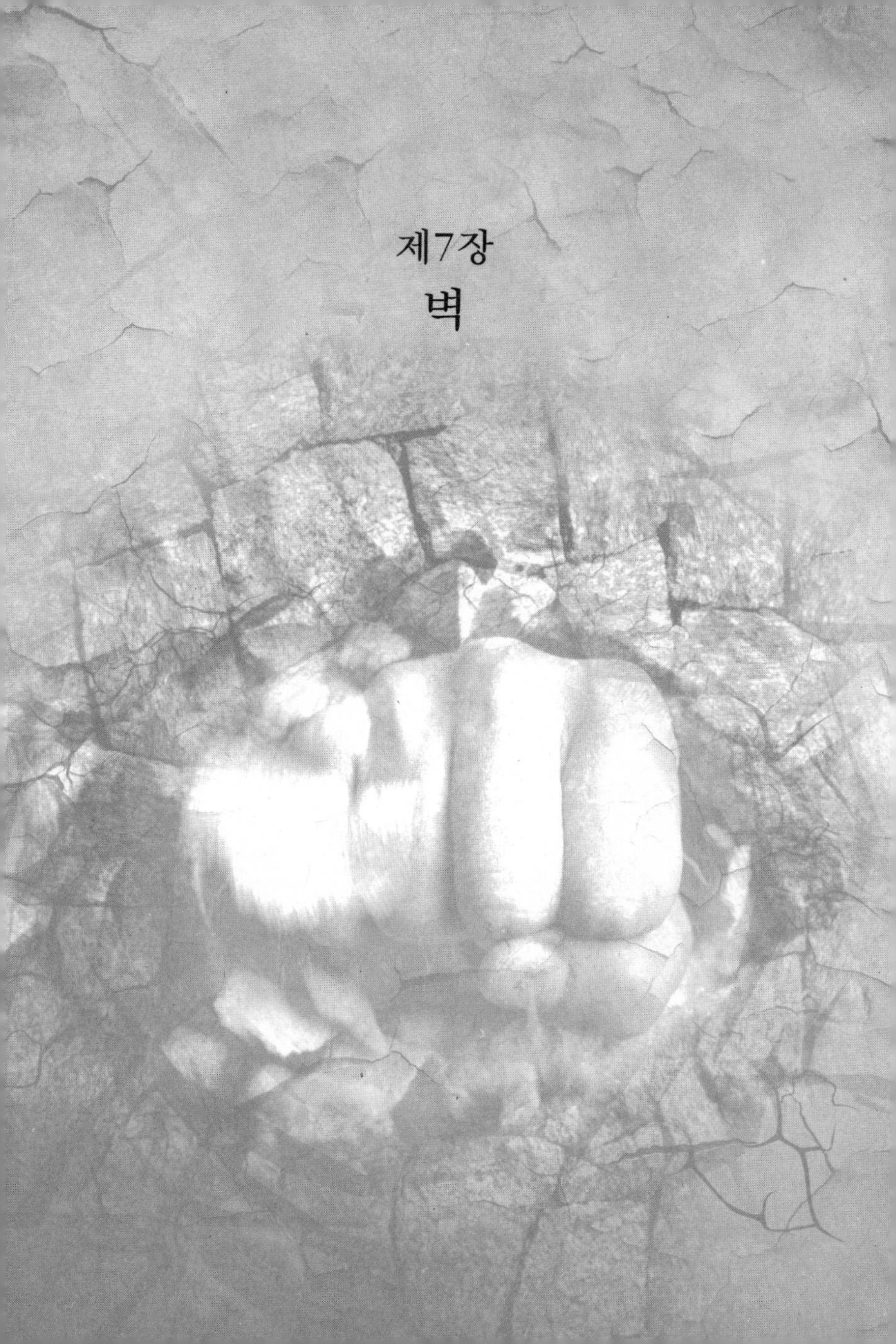

제7장
벽

황금 뱀

예의 그 황금 뱀은 철민의 내장이며 근육을 제멋대로 뚫고 다닌다. 핏줄을 타고 마구 헤집고 다니는 중이다.

아아! 온몸 구석구석에서 일어나는 극열의 고통이라니! 그런데도 손끝 하나 꼼짝할 수가 없는 극한의 절망과 공포라니!

황금 뱀의 앞에 벽 하나가 가로막힌다. 투명하고 아무 형체도 없는 무형의 벽이다.

쿵!

곧장 벽에 부딪친 황금 뱀은 그대로 도로 튕겨난다. 그러나 황금 뱀은 다시금 맹렬한 기세로 벽에 부딪친다.

쿵!

쿵!

튕겨 나가고, 또다시 부딪치고…….

황금 뱀은 무수히 부딪치고, 또 튕겨져 나갔다. 그러나 벽은 부드러우면서도 강인하여 도무지 뚫릴 기미가 보이지 않는다.

쿵!

쿵!

쿵!

황금 뱀은 끈질기게 돌파를 시도한다.

황금 뱀이 벽과 부딪칠 때마다 철민은 벼락을 맞는 듯했다. 마치 영혼까지 떨어 울리는 것만 같다.

'그만! 이제 제발 그만하라고!'

철민은 절규하고 애원한다.

그러나 황금 뱀은 더욱 맹렬해졌다.

쾅~!

한순간, 엄청난 충격과 함께 마침내 벽이 뚫렸다.

뭐라고 형언할 수 없는 열락이 밀려온다.

'아아!'

철민은 까맣게 정신을 놓고 말았다.

벽

철민은 며칠째 참으로 단조로운 일과를 보냈다.

먹고, 나무하고, 먹고, 자고, 또 먹고, 나무하고, 먹고, 자고…….

그러나 그가 일부러 단조롭기를 원해서라거나, 혹은 게으름을 피우거나 하는 건 결코 아니다. 그러한 일과는 사뭇 불가피한 측면이 있는 것이어서, 그가 거부하거나 혹은 임의대로 변경할 수 있는 여지는 거의 없었다.

즉, 밤새 악몽을 꾸고 아침에 일어나면 도저히 참지 못할 허기에 다급하게 밥을 해야만 했고, 솥에 가득한 밥을 허겁지겁 먹고 나면 몸이 근질거려서 나무를 하러 가야만 했다. 또 그렇게 한바탕 힘을 쓰고 나면 금세 또 배가 고프고, 다시 밥을 해서 허겁지겁 먹고 나면 쏟아지는 졸음을 이기지 못하여 쓰러져 잠이 들고, 잠이 들면 또 여지없이 악몽을 꾸고……. 그렇게 필연적이다시피 한, 꼬리를 무는 순환이 반복되었다.

가장 고역인 것은 역시 악몽을 꾼다는, 아니 꾸어야만 한다는 것이다.

그러나 본래 사람이란, 어떤 환경에서도 결국은 적응하도록 되어 있다고 하지 않던가?

철민은 그래도 처음보다는 악몽의 끔찍한 고통과 공포가 한결 견딜 만해져서, 조금씩 적응해 가고 있는 듯도 했다.

한 걸음 더 나아가 철민은, 차라리 마음을 편하게 먹기로 했다. 고통스럽고 괴로운 대로 감수해 보기로!

사실 당장 무슨 방법이 있는 것도 아니니, 그러는 수밖에 없는 노릇이기도 했다.

황금 뱀은 지난 사흘 동안 벽 두 개를 더 뚫었다.

그때마다 철민은 확연히 느낄 수 있었다. 벽 하나가 뚫릴 때마다 활력이 충만해지는 것 같고, 몸이 가뿐해지는 것을!

물론 그런 것은 느낌의 문제라고 할 것이어서,

'그래서 구체적으로 뭐가 달라지기라도 했어?'

라고 따진다면 딱히 할 말이 없었다.

다만 그의 부기는 확연하게 빠지고 있었다. 손목과 팔뚝의 굵기도 확연히 원래에 가깝게 돌아가고 있었다. 물론 그런 것은, 시간이 지나면서 저절로 생긴 결과일 수도 있을 것이다.

어쨌거나, 부기가 빠지고 있었기에 철민은 요즘 컨디션이 좋았다.

전에 없던 활력이 돌아 피로를 잘 느끼지 않게 되었고, 특히 나무를 할 때마다 실감하는 것이지만 체력도 한층 좋아진 느낌이었다. 물론 그런 것이 다, 역시나 '다만 느낌의 문제!'라고 할 수밖에 없는 것이겠지만.

진 노사는 며칠 내내 두문불출이었다.

적어도 철민이 확인한 바로는 그랬다. 진 노사가 나름의 활동을 하면서도 일부러 흔적을 남기지 않고 있는 게 아니라면.

그러나 철민은 진 노사에 대해,

'혹시 무슨 일이라도 생긴 건 아닐까?'

하는 따위의 걱정을 하지는 않았다.

두문불출이 순전히 진 노사의 의지로 이루어지고 있는 것이었으니,

'혹시 법력 깊은 선승(禪僧)들이 눕지도, 자지도 않고 주구장창 앉아 버티며 수행을 한다는, 장자불와(長座不臥)인가 뭔가를 하고 있나?'

하는 생각을 하다가는, 또 그가 보기에 진 노사가 그럴 정도의 법력이 깊은 선승인 것 같지는 않아서,

'그냥 무슨 단식 수행 같은 걸 하고 있나 보다!'

하는 정도의 추측을 했다.

'단식 수행이라는 게 한 일주일 정도쯤은 가볍게 굶는 것 아닌가?'

하는 아무 근거도 없고, 다분히 무작정인 짐작을 더해서!

그런 와중에도 철민은 아침저녁으로 진 노사의 방 아궁이의 불씨를 살피고, 장작을 넣어 주는 일만큼은 거르지 않았다. 그것으로 최소한의 관심과 성의를 표하는 셈이었다.

아침밥을 먹은 뒤였지만, 철민은 나무를 하러 가는 대신 암자 주변을 산책하기로 했다.

며칠 동안 억척으로 쌓아 놓은 땔감이 아궁이 주변을 넘어 처마 밑으로 벽을 따라 제법 거창하게 더미를 이루고 있기도 했지만, 그보다는 그의 일과에 중요하다면 제법 중요한 몇 가지의 변화가 생긴 까닭이다.

변화가 생긴 것은 어제부터다.

우선은, 나무를 한 짐 해 가지고 왔는데도 허기가 그렇게 맹렬하지는 않았다. 하여 그는 솥 대신에, 처음에 썼던 작은 냄비에다 밥을 했는데, 조금 모자란 듯했지만 역시나 못 견딜 정도는 아니었다.

그리고 저녁을 먹고 나서도 여느 때처럼 못 견디도록 졸음이 쏟아지지는 않아서, 이런저런 생각을 정리하다가 느긋하게 잠자리에 들 수 있었다.

가장 큰 변화는 악몽을 꾸지 않았다는 것이다. 아니, 황금 뱀이 나오는 꿈을 꾸기는 했다. 그러나 황금 뱀은 여느 때처럼 뜨겁고 격렬하다기보다는 사뭇 유연하고 부드러워져서, 그가 억지로 견뎌내야 할 만큼의 고통을 유발하지는 않았다. 그리하여 악몽은 더 이상 악몽이 아니게 되었다.

철민은 여우골 반대쪽의 등성이를 타고 설렁설렁 걸어 올라갔다.

산마루에 솟은 커다란 바위 위로 올라가 자리를 잡고 보니, 탁 트인 앞쪽 하늘 가득히 눈발이 날리기 시작했다.

그가 잠시 보고 있는 사이, 눈발은 이내 제법 굵은 송이의 함박눈으로 바뀐다.

시선을 조금 낮추었더니 발아래로 펼쳐진 소나무 숲의 푸른색 위로 송이송이 눈꽃송이들이 낙하해 내리고 있다. 다시 고개를 들어 바로 머리 위의 하늘을 바라보자니, 거뭇거뭇한 점들이 나풀나풀 춤을 추듯이 떨어져 내리다가 눈앞 가까이에 와서는 새하얀 순백의 탐스러운 꽃송이로 화하고 있다.

가만히 귀를 기울이고 있자니, 소리가 들리는 듯하다.

스스~ 슷!

스스스~ 슷!

눈이 내리는 소리다.

사사~ 삿!

사사사~ 삿!

귀로 누릴 수 있는 최고의 호사다. 눈 내리는 소리 외에는 어떤 소음도 없는 이 깊은 산중의 고요함 속에서만 누릴 수 있는!

소리는 점점 더 또렷해지며 온 산으로 퍼져 나간다.

호사는 귀로만 누리고 있는 게 아니다. 눈도 호사를 누리고 있는 중이다.

나풀나풀 떨어지는 눈송이들의 궤적이 점차 선명하게 보이고, 이윽고 무수히 많은 요정들이 순백의 옷을 입고 춤추며 허공을 날아다닌다. 참으로 신비로운 광경이 펼쳐지고 있다.

철민은 온전히 빠져들고 만다. 눈송이들의 신비로운 축제에!

그러다 그는 저도 모르게 침잠해 들었다. 그 자신의 내부로.

'그것'은 그의 내부 깊숙한 어디쯤에서 문득 나타났다.

'그것'의 형체는 너무도 작고 불분명하다.

꼬물거리기는 하는데, 그 형상을 알아보기도 힘들 정도로 작고 움직임도 미약하기만 하다.

다만 '그것'은 희미하게 빛을 냄으로써 자신의 존재를 분명히 드러내고 있다.

그리고 '그것'의 빛남이 아주 엷은 황금빛이라는 데서 철민은 문득 무엇을 떠올린다.

황금 뱀!

악몽 속에서 그의 전신 구석구석을 헤집고 다니던 그 뱀 말이다.

굳이 연관을 지어 본다면 아주 작은 새끼 황금 뱀이랄까?

또한 그런 점에서 오는 익숙함일까?

철민은 사뭇 이상하고 기묘한 상황임에도 크게 당황스럽거나 불안해지지는 않았다.

어쨌든… '그것'은 움직이고 있다.

미약하게!

그러나 점차 분명하게!

비록 느릿하더라도 '그것'의 움직임은 마치 미리 정해져 있는 길로 움직이고 있는 것처럼 사뭇 안정적이다.

그런데 그 길은, 악몽 속의 황금 뱀이 수없이 반복하여 다녔던 길과 비슷하게 여겨진다.

그 익숙함에 새삼 치열했던 뜨거운 고통이 되살아나는 듯하다. 지금 그가 악몽을 꾸고 있는 중이 아니며, 다만 깨어 있는 상태에서 잠깐의 몰입 상태에 빠져 있는 것이라는, 비교적 분명한 분별을 하고 있으면서도 말이다.

어쨌든 그런 이유들로 인해 철민은 오히려 더욱더 '그것'의 움직임에 몰입한다.

이윽고 그는 '그것'과 마치 하나가 된 것 같은 일체감을 느끼면서, 마치 자신이 '그것'과 함께 움직이고 있는 것 같은 느낌을 가지게 된다.

'그것'은, 아니 그는 천천히 앞으로 나아간다.

그러던 중 그의 앞에 벽이 하나 나타난다.

투명하고 형체도 없지만, 그럼에도 뚜렷하게 존재하고 있는 기묘한 벽이다.

더불어 그 벽을 통과해서 앞으로 나아가야 한다는 어떤 암시가 그를 강하게 이끄는 것만 같다.

다행히 벽의 가운데쯤에 무언가가 먼저 뚫고 지나간 듯한 구멍이 뚫려 있다.

다만 구멍은 그다지 크지 않은 데다, 표면이 매끄럽지 못하고 거칠게 삐죽삐죽 튀어나온 부분들까지 있어서 그가 지나가기는 그리 용이하지는 않을 것 같다.

그렇더라도 그는 조심스럽게 구멍 속으로 스스로를 밀어 넣는다.

역시나 구멍은 좁고 거칠어 그는 한동안이나 힘을 쓰고 나서야 겨우 구멍을 통과한다.

그러나 그는 만족스럽지 않다.

왜인지는 모르겠지만, 그는 앞으로도 이 구멍을 통해 수없이 지나다녀야 할 것만 같았다.

그런데 이대로라면 앞으로 매번 같은 고역을 되풀이해야 할 것이다.

그리하여 그는 구멍을 되돌아서 나가기로 한다.

구멍을 반복해서 앞뒤로 통과함으로써 구멍 표면의 거친 부분이라도 좀 매끈하게 만들어 놓을 작정이다.

그의 몸으로 비비고 깎아서라도 말이다.

구멍을 통과하고, 다시 되돌아서 통과하고…….

그렇게 얼마나 되풀이했을까?

과연 구멍은 처음보다 한결 넓어지고 매끈하게 다듬어졌다.

그는 다시 앞으로 나아간다.

다시 길이 이어지고 있다.

그러나 앞으로 나아갈수록 상대적으로 통행이 적었던 것처럼 지나온 길보다는 조금씩 좁아지고 거칠어지는 느낌이다.

그는 다시 하나의 벽을 만난다. 두 번째 벽이다.

어렵사리 벽을 통과한 그는, 첫 번째 벽과 같이 구멍을 넓히고 매끈하게 다듬은 다음, 다시 앞으로 나아간다.

그는 또 하나의 벽을 만난다. 세 번째 벽이다.

그는 역시 통과하고, 넓히고 다듬은 다음 다시 앞으로 나아간다.

세 번째 벽 너머부터의 길은 확연히 좁고 거칠다.

마치 아무도 다니지 않았던 처녀지에, 누군가 이제 막 길을 내놓은 것 같다.

나아가기에 여간 힘이 드는 게 아니다.

그렇더라도 포기할 생각은 조금도 없다.

그는 꿋꿋하게 나아간다.

그는 다시 하나의 벽과 마주 섰다. 네 번째 벽이다.

그런데 네 번째의 벽에는 구멍이 아예 뚫려 있지 않다.

그것은 곧, 한 번도 통과를 허용해 본 적 없는 벽이란 의미일 것이다.

온전한 벽은 이전의 벽들에 비해 확연히 두텁고 강인한 느낌을 풍기고 있다.

'벽을 통과해서 앞으로 나아가야 한다!'

여태껏 그를 지배하고 있던 암시가 더욱 강해진다.

암시가 아니더라도, 이쯤이면 자발적인 기대감도 생긴다.

즉, 저 벽 너머에는 어떤 처녀지가 있을 것이며, 그 처녀지에 길을 내면서 계속 가다 보면 다시 새로운 벽이 나타날 것이고, 그 벽 너머에는 또다시 새로운 처녀지가 나오고… 그렇게 끝없는 신천지가 펼쳐질 것만 같다.

그 광활한 미답의 신천지를 탐험해 보고 싶다는 기대다.

기대는 한층 강렬한 욕구로 변한다.

그리하여 그는 네 번째의 벽을 향해 돌진한다.

쿠~ 웅!

격렬한 충격이 그를 휘감는다. 온몸이 부서지다 못해, 영혼까지 흔들리는 듯하다.

그와 '그것'은 여지없이 분리되고 만다.

순간 모호한 허탈감이 엄습한다.

겨우 정신을 수습한다.

눈은 여전히 내리고 있다.

왠지 묵직하여 손바닥으로 머리 위를 쓸었더니, 제법 두툼한 눈 뭉치가 '풀썩!' 하고 바닥으로 떨어진다.

뿐만 아니다. 양어깨에도 제법 수북하도록 눈이 쌓여 있다.

도대체 얼마나 오래 혼자만의 상상에 몰입해 있었던 걸까?

어깨와 머리 위에 눈이 소복이 쌓일 정도로 긴 시간을, 석상처럼 미동도 하지 않고 있었다는 것에 대해, 철민은 차라리 신기한 생각마저 든다.

'일종의 명상 같은 것이었을까?'

기분이 괜찮다.

아니, 기분은 괜찮은 정도를 넘어 아주 개운하고 가벼워진 느낌이다.

철민은 흩날리는 눈발 속을 마구 달려 보고 싶은 충동마저 생겼다.

있기도 하고, 없기도 하지!

암자에 온 지도 어언 열흘쯤 지나고 있었다.

철민의 하루 일과는 여전하다. 어제와 오늘이 조금도 다를 것이 없다.

그렇더라도 그는 지루하기보다 평화롭다. 몸도, 마음도! 27년의 인생을 살아오면서 지금처럼 평화로웠을 때가 없었다고 여겨질 정도로!

'황금 뱀의 꿈과 깨꿈 덕분이라고 해야 할까?'

철민은 설핏 그런 생각을 떠올리며 쓴웃음을 짓고 만다.

'깨꿈'은 시거와 슬비에 이은 철민의 또 하나의 유치한 작명이다.

유치함 그대로, '깨어서 꾸는 꿈'의 준말이다.

즉, 악몽에서 황금 뱀이 움직이는 경로를, 그가 깨어 있는 상태에서도 몰입하여 답습하게 되는 상태 내지는 현상을 의미한다.

그런 때문에 그는 요즘 늘 약간의 긴장 상태를 유지하고 있는 편이다. 잠깐만 느슨한 상태가 되려 하면, 언제인지 모르게 불쑥불쑥 넋을 놓게 되기 때문이다.

곧 저도 모르게 깨꿈에 빠지고 마는 것인데, 지금이야 아무도 없는 첩첩산중이니 아무 상관이 없지만, 만약 앞으로 서울로 돌아가서도 이런 현상이 계속된다면 사뭇 곤란해지지 않겠는가?

어쨌든 그의 의지와는 무관하게, 그는 깨꿈에 점점 더 익숙해지고 있었다.

더하여 그의 깨꿈은 조금씩 더 진화되고 있는 중이다.

진화?

그가 깨꿈에 몰입해 있을 때 그의 내부에서 움직이는 '그것', 즉 그가 역시나 임의로 가정을 해놓은 '새끼 황금 뱀'의 힘이 차츰 강해지고 있다는 의미이다.

그러나 철민은 역시, 깨꿈이니 뭐니 하는 것들이 결국은 다 쓸데없고 허황된 잡생각, 혹은 역시나 그 혼자만의 상상 놀이에 불과하다고 일단 치부해 두었다.

철민에게 걱정거리는 정작 따로 있었다.

쌀이 다 떨어져 가고 있었다.

원래 작은 포대에 반도 남아 있지 않았던 것이지만, 어쨌든 그가 먹어 치웠기 때문이다. 특히 지난 일주일은 걸신이라도 들린 것처럼 무지막지하게 먹어대지 않았던가?

그 일주일 동안, 정작 쌀의 주인인 진 노사는 거의 살을 축내지 않았다는 생각을 새삼 떠올리면서, 철민은 불쑥 걱정이 치밀었다.

'이 양반, 정말로 괜찮은 건가?'

물론 그가 진 노사를 까맣게 잊고 있었던 것은 아니다. 아침저녁으로 군불을 때고 있는 것도 그랬지만, 어쨌든 이곳의 주인이자 한두 해를 살고 있는 것도 아니니, 진 노사가 으레 알아서 스스로를 챙길 거라 여겼기 때문에 딱히 걱정하지 않고 있었을 뿐이다. 그것은 어쩌면 진 노사에 대해 약간의 신비감 같은 것을 가지고 있기 때문이기도 했다. 전에 조 관장의 체육관에서 촛불을 끄는 시범을 본 것이며, 무슨 기니, 발경이니 하는 소리를 들은 것 때문에 은연중에 그런 게 생긴 것 같다.

그렇지만 어쨌거나 칠십 노인이 아니던가? 칠십 노인이 근 일주일을 기척조차 없이 방 안에만 틀어박혀 있다면, 혹시 뭔 일이 생겼을 수도 있다는 걱정을 당연히 해봤어야 하는 것 아닌가? 진즉에 말이다.

한 번 시작된 걱정이 곧장 눈덩이처럼 커졌기에, 철민은 서둘러 진 노사의 방으로 갔다.

"노사님!"

철민이 크게 불렀으나, 여느 때처럼 방 안은 침묵을 유지했다.

철민이 더욱 불길해지는 마음에 문고리를 잡았다. 그러나 그는 막상 방문을 열어젖히지는 못했다. 문득 뭔지 모를 엄격한 느낌이 와락 와 닿는 것만 같아서였다.

그렇더라도 불안하고 다급한 마음이 들기에 철민이,

"노사님! 저, 이제 그만 서울로 돌아가 보려고 합니다."

하고 불쑥 말을 뱉고 말았다. 물론 며칠쯤 뒤에는 그리하리라고 대충의 작정은 하고 있었다. 그러나 지금 당장 고할 작별은 아니었다.

그러나 철민이 느닷없는 작별을 고했는데도, 안에서는 여전히 아무 대답이 없다.

'이거, 정말로 무슨 일이 생기긴 생겼구나!'

순간 철민은 비장한 각오까지 생긴다. 자칫 큰일을 치러야 할지도 모르겠다는!

그에 철민이 방문을 열어젖히려 할 때였다.

"들어오게!"

방 안에서 나직이 흘러나오는 소리에 철민은 그만 온몸의 힘이 쭉 빠지는 듯했다. 깊은 안도였다.

진 노사는 많이 야위어 보였다. 그러나 철민을 가만히 응시하는 그의 눈빛만큼은 더욱 깊어진 것 같다.

"앉게!"

진 노사의 말에 철민이 그와 마주하고 앉기는 했지만 막상 뭐라 할 말이 떠오르지 않았다. 예정에 없던 작별 인사를 순간 변통이다시피 해놓았으니 말이다.

철민이 머뭇거리고 있자 진 노사가 희미하게 미소를 떠올리며 말을 건넨다.

"자넨 며칠 새 몸이 좀 불은 것 같네그려?"

그 말은 철민에게 그동안 너무 놀고먹기만 한 것 아니냐는 질책으로도 들렸지만, 철민은 자신이 겪었던, 아니 지금도 겪고 있는 일련의 이상한 현상들에 대해 선뜻 말을 꺼내볼 생각은 하지 못했다. 그러한 현상들에 대해 어떻게 설명해야 할지 미리 생각을 정리해 두지 못했으니 말이다. 오히려 문득 켕기는 것은, 바닥을 보이고 있는 쌀 포대였다.

그러던 중 철민은, 평소 진 노사에게 꼭 물어보고 싶었던 한 가지가 문득 떠오르기에 생각을 가다듬을 것도 없이 일단 꺼내고 본다.

"노사님! 궁금한 게 한 가지 있는데 여쭤봐도 되겠습니까?"

진 노사가 가볍게 고개를 끄덕인다.

"저… 그것 있지 않습니까? 전에 서울에서 시범으로 보여주셨던 것 말입니다. 조 관장의 말씀으로는 그게 기(氣)라고 하던데……."

"기?"

진 노사의 눈빛이 언뜻 쏘는 듯 날카롭게 변했다.

철민이 저도 모르게 흠칫할 때 진 노사가 슬며시 눈빛을 거두며 천천한 투로 다시 묻는다.

"그래, 묻고자 하는 게 뭔지 말해 보게!"

철민은 속으로 가만히 숨을 토해내고 나서야 다시 묻는다.

"먼저, 기라는 게 정말로 있습니까?"

진 노사는 잠시간 가만히 철민을 응시한다. 좀 전처럼 쏘는 듯이 날카로운 눈빛은 아니지만, 철민이 마주하기에는 여전히 쉽지가 않은 눈빛이다. 깊숙하다고 할까? 차라리 투명하다고 할까? 진 노사의 눈빛은 속을 깊숙이 들여다보는 듯, 사람의 마음을 괜히 불편하게 만드는 데가 있다.

"있기도 하고, 없기도 하지!"

툭 던지듯이 진 노사가 뱉었다.

이전에 철민이 조 관장의 체육관에서 물었을 때도 진 노사의 대답은 그랬었다. "있다고 하면 있고, 없다고 하면 없네!" 그리고 지금도 같은 대답이다.

"예? 그렇게 애매하게 말고, 분명하게 말씀해 주실 수는 없습니까? 기라는 게 정말로 있습니까, 아니면 없습니까?"

철민이 저도 모르게 약간 반발심을 담았다.

그러나 진 노사는 조금도 표정을 바꾸지 않고, 심지어는 그 투명한 눈빛마저도 그대로인 채 담담하게 반문한다.

"내가 있다고 하면 자네는 믿겠는가?"

철민이 잠시 망설이다가, 짐짓 진지하게 대답한다.

"예! 노사님이 그렇다고 하시면 믿겠습니다."

진 노사가 가볍게 실소하며 받는다.

"그런가? 그럼 있는 것으로 해두세!"

그에 철민도 실소를 머금을 수밖에 없었다.

그러나 그때 진 노사는 얼굴에 떠올려 놓았던 웃음기를 거두더니 문득 담담한 표정이 되었다.

"그러나 기는, 또한 없는 것이라고도 할 수 있네!"

그 말에 철민은 불쑥 반발심이 생겼으나, 그 반발을 표출하기에는 진 노사의 기색이 사뭇 진지해져 있었다.

"기의 실체가 눈으로 볼 수 있는 것이 아니라, 느낄 수 있는 것이기 때문일세! 그러니 기를 느낄 수 있는 사람에게 기는 분명히 있는 것이고, 반대로 느낄 수 없는 사람에게는 그저 허황된 얘기쯤인 것이지!"

철민과 잠시 시선을 마주하고 나서 진 노사가 다시 잇는다.

“그런데 말일세! 기가 분명히 있다고 하는 측에서도, 막상 기를 느끼는 것에 대해서는 참으로 어렵고도 험난한 과정이라고 말들을 하네! 즉, 기의 존재를 제대로 느낄 정도가 되기 위해서는, 우선 뛰어난 자질을 갖추어야 하고, 더하여 이미 경지에 올라선 스승의 가르침을 받아야만 하는데, 뛰어난 자질을 갖춘 이가 흔하지 않을뿐더러, 더욱이 기의 경지에 올라선 스승을 찾기란 인연이 닿지 않으면 평생을 찾아 헤매도 가능하지 않기 때문일세! 어디 그뿐이겠는가? 자질과 스승, 그 두 가지가 충족되었다고 해도, 다시 최소한 수십 년 이상을 그야말로 용맹 정진을 해야 하고, 거기에다 비로소 경지에 다다르기 직전 절정의 순간에는, 천운이 닿아야만 얻을 수 있다는 깨달음이 필요하다고 하니……. 허허허! 그까짓 것이 대관절 무엇이기에 한 사람의 일생을 온전히 다 바쳐야 한단 말인가? 그렇지 않은가? 사람이 일생을 사는 가치와 의미가, 결코 그런 것은 아니지 않겠는가? 그러니 기란 것이 있다고 해도 결국은 덧없는 것일 뿐! 결국 없는 것이라고 할 수밖에!”

‘도대체 있다는 건지, 없다는 건지? 무슨 소리를 하고 싶은 건지?’

철민은 허탈하다 못해 섭섭한 마음마저 들었다.

물론 시원한 대답을 들으리라는 기대는 처음부터 없었다. 그러나 사람이 성의를 가지고 물었으면, 대답에도 최소한의

성의는 있어야 할 게 아닌가? 차라리,

"솔직히 나도 모르겠네!"

하고 툭 터놓든가. 그도 아니면,

"개인적으론 있다고 믿지만, 다른 사람에게 똑 부러지게 설명해 주기에는 또 어려운 점이 있네!"

라고 모호하나마 대충 마무리라도 짓든지 말이다.

진 노사는 할 말을 다 했다는 듯 입을 꾹 다물고 있었다. 뿐만 아니라 눈매를 가늘게 만든 채 눈길은 허공에다 한가로이 던져두고 있어서 '번거로우니 이제 그만 가줬으면 좋겠다!'는 눈치로까지 보인다.

"그래, 그만 서울로 돌아가겠다고?"

진 노사가 불쑥 물었다.

순간 철민은 말문이 막히고 만다.

'아! 아까 드린 말씀은, 당장 떠나겠다는 게 아니라, 며칠 내로 그래 볼까 생각하고 있다는 겁니다.'

그렇게라도 해명을 해야겠는데, 진 노사의 기색을 보아하니 자신이 떠나는 것을 이미 당연시해 놓고 있는 듯하여, 철민은 쉽게 입이 떨어지지 않았다.

그런 참에 진 노사가 담담히 덧붙인다.

"그럼, 살펴 가시게!"

그에 철민은 자리에서 일어서지 않을 수 없었다.

"그럼 저는 이만 가보겠습니다. 다음에 서울에 오시면, 꼭 찾아주십시오!"

철민은 정말 작별 인사를 하고 말았다.

"그럼세!"

진 노사가 심드렁하게 뱉었다. 그러고는 아예 두 눈을 감아 버린다.

철민이 진 노사를 향해 깊숙이 허리를 숙이고는 방을 나선다.

신발을 신고 섬돌을 내려설 때까지 방 안에서는 아무런 기척도 없다.

진 노사는 다시금 자신만의 세계에 들어가 버린 것 같았다.

제8장
용사 II

아주 죽을 줄 알아!

암자로 올라갈 때는 그렇게 막막하고 험한 길이더니, 반대로 내려갈 때는 편했다. 한가로이 주변 풍경을 구경하며 설렁설렁 걷다 보니,

'이렇게 가까웠나?'

싶을 정도로 금세 비령 마을이 눈앞에 보인다.

철민은 곧바로 이장 댁을 찾는다. 이장 댁은, 집이라 해봐야 기껏 열 채도 안 되었으니 누구에게 물어보고 말고 할 것

도 없이 대문에 붙은 명패만으로도 쉽게 찾을 수 있었다. 하얗게 센 머리에 주름진 얼굴을 한 할아버지 이장님이다.

철민은 서울을 떠날 때 카드 외에 혹시나 해서 준비해 왔던 100만 원짜리 수표 한 장을 건네며 부탁을 드렸다. 언제 읍내에 나가실 때 쌀과 부식거리를 적당히 사서, 호리암으로 좀 올려 주시라고! 그리고 짐꾼을 살 경비와 수고해 주시는 값으로 지갑에 있던 5만 원짜리 지폐 다섯 장을 따로 건넸다.

이장님이 짐꾼의 경비와 수고비는 필요 없다며 연신 손사래를 쳤지만 철민은 굳이 손에다 쥐어드렸다.

철민은 까맣게 잊고 있다가 마을버스를 기다리던 중 문득 생각이 나서 휴대폰을 열어봤다.

수십 개의 문자가 우르르 몰려와 있다. 마치 빨리 열어보라고 독촉을 당하는 느낌이다.

굳이 열어보지 않아도 대부분 스팸이다.

다만 개중 몇 개가 '확!' 눈에 들어왔다.

발신인 공주님!

[왜 전화 안 받아?]

[당장 전화 안 하면 아주 죽을 줄 알아!]

따지고! 협박하고!

철민은 곧바로 전화를 해볼까 하다가 그만둔다. 그랬다간 또 당장 오라고, 죽일 듯이 몰아칠 것이기에!

그는 아직 좀 더 여유를 즐기고 싶었다.

서울의 일은 서울에 도착해서 하리라.

설경은 이제 질릴 만도 하건만, 편하게 구경하는 처지가 되어서인지 창밖의 풍경은 여전히 볼만하다.

휙휙 스쳐 지나가는 풍경에 멀거니 시선을 던져 놓고 있노라니, 철민은 이런저런 생각들이 저절로 일어났다가 또한 저절로 스러져 간다.

주로 황유나에 대한 것들이다.

그러고 보니 14년 만의 동창회에서 만난 이후 그와 그녀는 여러 가지 사정과 이유로 꽤나 자주 만났고, 그런 덕분에 또한 제법 허물없는 사이가 된 느낌이기도 했다.

그러나 그는 막상, 그녀와의 관계에 대해 본질적인 측면으로는 생각해 본 적이 없다. 이를테면,

'그녀에게 그는 어떤 존재일까?'

혹은,

'그에게 그녀는 또 어떤 존재일까?'

그런 질문들에 대해!

버스는 하염없이 달려가고 있다.

너는 용사잖아? 마지막까지 나를 지켜 줄 나의 용사!

철민이 서울에 도착했을 때는, 어느덧 4시가 넘어 있었다.

진작 은근히 쫓기는 심정이었던지라, 그는 더 이상 여유를 부리지 못하고 전화부터 한다.

—야! 김철민! 도대체 어떻게 된 거야? 뭔 일이기에 전화기는 꺼놓고 난리야? 지금 어디야?

황유나가 잔뜩 화가 난 목소리로 대번에 몇 개나 질문을 퍼부었다. 그러나 막상 철민이 대답할 틈도 주지 않고서 다시 말을 쏟아낸다.

—나 지금 수원이야! 지금 당장 이리로 올 수 있어?

황당하기 짝이 없는 노릇이다. 철민이 짐짓 퉁명스럽게 받는다.

"내가 거길 왜 가냐?"

그러자 돌아오는 대답은 아예 타박에다 강짜다.

—뭐, 왜 오냐고? 왜 오긴? 공주님이 오라고 하면 그냥 오는 거지!

철민은 어이가 없었다. 더욱이 허탈해지고 마는 건, 황유나의 그 얼토당토않은 막말(?)에 대해 단호히 맞서 거부하기는커녕, 마치 무슨 조건반사이기라도 하듯 대번에 풀이 꺾이고 마는 스스로의 꼬락서니 때문이었다.

"나… 수원 잘 모르는데? 한 번도 안 가 봤어."

그걸 핑계라고 대고 나니, 유치하고 허술하기 짝이 없다. 아니나 다를까? 그의 말이 끝나자마자 곧바로 황유나의 날선 타박이 돌아온다.

—수원이 무슨 외국이라도 된다니? 서울에서 엎어지면 코 닿을 곳인데, 알고 모르고 할 게 뭐 있어? 객쩍은 소릴랑 하지 말고 지금 바로 경기경찰청 앞으로 와!

'경기경찰청……?'

다시 물었다간 또 무슨 타박을 들을지 몰라 철민은 입을 떼지도 못한다. 그러나,

—아! 그리고 차 좀 끌고 와야겠다!

이어진 그녀의 말에 철민은 기겁하지 않을 수 없어서,

"야! 거기가 어디인지도 모르는데, 어떻게 차를 끌고 가니?"

하고 버럭 소리를 높였다.

그러자 황유나의 뾰족한 목소리가 곧바로 받는다.

—어떻게 오긴? 내비 찍고 오면 되지!

그리고 황유나는 일방적으로 전화를 끊어 버린다.

철민은 이번에도 대번에 풀이 꺾이고 만다. 그리하여 다시 전화를 걸어 이 말도 안 되는 상황을 바로잡아 보려고 하기보다는, 수원까지 어떻게 차를 몰고 갈까 하는 걱정에 곧장 짓눌리고 만다.

철민은 초보 운전을 면하지 못한 처지라 오로지 내비에만 의지해 몇 번씩이나 아찔한 고비를 넘기기도 하면서 겨우 경기지방경찰청 앞에 도착했을 때는 어둠이 내리깔린 시간이었다.

얼마나 초긴장 상태로 운전을 했으면, 목과 어깨가 마치 깁스를 한 듯이 딱딱하게 굳어 아예 자신의 것이 아닌 듯했다.

그리고 마침내 다 왔다는 안도감에 긴장이 풀리며, 파김치가 된 듯 온몸이 축 늘어져 버린다.

—이제야 도착했다고? 알았어! 내가 금방 갈 테니까, 거기 경찰청 정문 근처에서 기다리고 있어.

전화를 했더니 황유나는 마치 늦었다고 타박을 하는 투였다.

철민은 화가 나기도 하고 억울하기도 하다.

그러나 또 어쩌랴? 기왕 여기까지 왔으니 하라는 대로 할 수밖에!

간만에 보는 황유나는 볼살이 조금 빠진 것 같았다.

"온다고 고생했어!"

냉큼 조수석을 차지하고 앉는 황유나의 기색과 목소리는 좀 전의 전화에서 느껴지던 것과는 달리 사뭇 다정했다. 그러나 설핏 철민의 얼굴을 살피더니 그녀는 금세 또 무슨 트집을 잡는 것처럼 변한다.

"너… 왜 이렇게 됐어?"

"……?"

다짜고짜 또 무슨 소린지? 철민이 당황스러워할 때 그녀가 타박조로 잇는다.

"여행 간다더니, 내내 먹자판을 벌이다 왔구나? 도대체 얼마나 먹어댔으면 기껏 열흘여 만에 얼굴이 두 배로 불어버렸니?"

철민은 그제야 무슨 소린 줄 알았다. 그러나 딱히 할 말이 없기는 마찬가지다. 몸의 부기는 다 빠진 것 같았으나, 얼굴에는 아직 약간의 후덕함이 남아 있다는 걸 그도 인정할 수밖에 없으니 말이다.

"일단 가자! 저녁 시간도 됐으니 일단 뭘 좀 먹어야지?"

그새 황유나는 다른 화제로 넘어가고 있다.

"저녁이야 천천히 먹으면 되고, 도대체 얼마나 급한 일이기에 다짜고짜 이 먼 데까지 오라고 한 거야?"

"급하긴 하지! 그렇지만 급한 건 급한 거고, 일단 저녁 먹으러 가자니까? 다 먹고살자고 하는 일인데, 먹는 것보다 더 급한 일이 어디 있겠어?"

"뭐? 허… 얘 말하는 것 좀 보소?"

철민은 어이가 없었다. 당장 와 달라는 말에 그야말로 '묻지도 따지지도 않고' 한달음에 달려온 그만 바보가 된 게 아닌가?

황유나가 배시시 미소를 떠올린다. 자신이 무엇을 잘못했는지 전혀 모르겠다는 듯 순진한 표정이다.

"아직 시간은 많아! 자세한 얘기는 나중에 숙소에 가서 천천히 해도 되니까, 일단 배부터 채우러 가자!"

그녀의 그 말에 대해서는 철민이 화들짝 반문한다.

"숙소라니……?"

"오늘 밤 묵을 숙소를 잡아놨어!"

"아니, 묵긴 뭘 묵어? 여기서 서울까지 얼마나 된다고?"

황당하다는 철민의 반응에 황유나의 표정이 설핏 찌푸려진다. 그러고는 대뜸 쏘아붙인다.

"얘 좀 봐? 그럴 만한 사정이 있으니까 그런 거지, 그럼 내가 괜히 할 일이 없어서 그랬겠니? 그리고 너, 자꾸 이렇게 트집이나 잡을 거면 다시 서울로 가!"

철민이 그야말로 '어이 상실'이 되고 만다. 그러나 또 성질대로 받아칠 수는 없는 노릇이어서, 일단 슬쩍 한 발 뺀다.

"아니, 내 말은… 그러니까 도대체 무슨 일인데 숙소까지 잡아 놓았을까 궁금하다는 거지!"

황유나가 짐짓 눈꼬리를 샐쭉하게 만들며 톡 쏜다.

"자세한 얘기는 나중에 해준다니까?"

그 매서움에 철민은 다시금 슬그머니 화가 치밀고 만다. 그가 한 발 물러났으면, 반 발짝이라도 빼주는 게 최소한의 예의 아닌가 말이다. 더욱이 잘한 거라곤 하나도 없는 주제에!

그때였다.

"나 배고파! 우리 설렁탕 먹자! 어때, 괜찮지?"

황유나가 불쑥 화제를 돌렸다. 아무 일도 없었다는 듯이! 제멋대로!

그에 철민은 화는커녕, 어떻게 반항(?)해 볼 의지마저도 생기지 않았다. 겨우 속으로,

'제기랄!'

투덜거릴 뿐, 힘없이 고개를 주억거리고 말았다.

설렁탕집은 멀지 않은 곳에 있었다. 그리고 쉽사리 안내를 하는 것으로 보아 그녀는 이미 가본 적이 있는 곳 같았다.

설렁탕은 제법 먹을 만했다. 하긴 근 열흘간 오로지 밥과 김치로만 끼니를 해결해 왔으니, 어디 '제법 먹을 만하다!'는 정도일 뿐이겠는가?

철민은 밥 한 공기를 설렁탕에 말아서는 곧장 퍼먹기 시작한다. 그런데 한참 정신없이 숟가락을 놀리던 중에 보니, 황유나가 멀거니 자신을 쳐다보고 있었다. 흘깃 그녀의 그릇을 보

니, 겨우 두어 숟가락이나 뜨다 만 모양새다.

"넌 안 먹니?"

그가 겸연쩍게 물었다.

그랬더니 그녀는 자신의 설렁탕 그릇을 철민에게로 밀어놓는다.

"배 많이 고팠나 보네? 내 것 좀 덜어 가!"

"아니, 됐어!"

"왜, 먹던 거라서? 나 숟가락 거의 대지도 않았어?"

"그게 아니라……!"

그가 조금쯤 당황스러워하는데, 그녀는 그런 그의 모습이 재미있다는 듯이 웃음 바람이다.

그녀는 기어코 자신의 그릇에서 고깃점을 뭉텅 퍼서는 그의 그릇으로 옮겨 담는다. 이어 자신의 밥공기도 그에게로 밀어놓는다.

그는 말리지도 못하고, 그녀가 하는 대로 보고만 있었다. 왠지 거절해서는 안 될 것 같은 마음이다. 거절했다가는 그녀가 먹던 것이라서 싫다는 것으로 받아들여질까 봐 두려운 마음도 조금쯤은 있었다. 참으로 유치하기 짝이 없는 줄은 알지만, 어쨌든 그런 심정이 되고 마는 걸 또 어떻게 하랴?

그는 그녀의 밥공기를 깨끗이 비워 설렁탕에다 만다. 그리고 그녀가 보고 있거나 말거나 입에 퍼 넣으며 우적우적 씹어

삼킨다.

"나 사회부로 자리 옮겼어!"

황유나의 그 말이 무슨 의미인지 철민은 선뜻 감을 잡기 어려웠다. 그리하여 계속 숟가락이나 놀리며 듣기만 한다.

그녀는 지난번 조철훈과의 일이 있고 난 직후 회사에다 부서를 옮겨 달라고 요청했는데, 그게 쉽지 않다는 걸 알고 있기에 사표를 쓸 각오까지 했단다. 그런데 운이 좋았던지, 바로 얼마 전에 사회부 내에 신규 기획 팀이라는 TFT(Task Force Team) 형태의 미니 조직이 하나 생기면서 그녀에게까지 기회가 돌아왔다고 한다.

"사회부로 옮기고 나서 첫 번째 취재야. 다른 팀원들과 경쟁을 해야 하는 것도 있지만, 스포츠 기사나 따던 애라는 소리는 안 듣기 위해서라도 제대로 한번 해보려고 해. 그런데 이게 일종의 르포 취재라서… 막상 와서 보니까 취재 환경이 제법 거칠 것 같더라고! 자칫 위험할 수도 있겠다 싶고!"

다른 건 모르겠다고 쳐도 '위험할 수도 있겠다'라는 말에서는 숟가락 놀리던 것을 멈추었다. 하긴 그때쯤에는 설렁탕 그릇도 거의 바닥을 보이고 있긴 했다.

그녀가 힐끗 그의 그릇을 확인하고는 희미하게 웃음기를 떠올리며 다시 말을 잇는다.

"물론 각오는 되어 있어. 몸 사리지 않고 한번 부딪쳐 볼 작정이야. 그렇지만 아무래도… 지금까지 안 해본 일이라… 원래 첫 경험이란 게 또 그렇잖아? 솔직히 좀 걱정이 되긴 되더라고! 그렇다고 누구한테 나 좀 걱정된다고, 좀 도와달라고 손을 벌리려니 영 자존심이 상해서 안 되겠고! 그러다가 불쑥 네가 생각나더라?"

황유나의 미소가 짙어진다.

"넌… 용사잖아? 마지막까지 나를 지켜 줄 나의 용사! 그러니까 이번 취재에서 내 보디가드 노릇을 좀 해줄 수도 있는 거잖아? 그렇지?"

철민은 피식 웃고 만다. 유치하다 못해 웃기는 얘기였다. 그러나 장난스럽게 물음을 던져 놓고는 대답을 요구한다는 듯 빤히 그를 쳐다보고 있는 그녀와 시선이 마주치는 순간, 그는 갑작스럽게 당황하고 만다. 무단히 가슴이 벌렁거리기 시작한다. 그런 당황스러움에서 얼른 벗어나기 위해 그는 되는대로 엄한 소리를 뱉어낸다.

"나, 내일부터 출근해야 돼!"

그러나 황유나는 미소를 거두지 않는다.

"기왕 열흘 넘게 휴가를 썼잖아? 그러니까 날 위해 한 이틀만 더 써라! 응? 여행 중에 다쳐서 병원에 입원했다고 하면 되잖아? 응?"

"그러다 회사에서 병문안이라도 오겠다고 하면 어쩌라고……?"

"그야… 서울이 아니라고 하면 되지? 부산에 있는 병원이라고 해! 설마 부산까지 병문안을 오기야 하겠어?"

"참 나!"

"그렇게 좀 해주라? 응? 대신 내가 일당은 후하게 쳐줄게! 응?"

철민은 딱 잘라 거절할 수가 없었다. "응?" "응?" 하는 그녀의 콧소리 때문에.

설마 너, 이런 데 한 번도 안 와 봤니?

철민은 일단 황유나를 그녀가 잡아놓았다는 숙소까지는 바래다주기로 했다. 여자 혼자서 호텔을 들어가는 모양새가 그리 좋을 건 없으리라는 나름의 배려였다.

그리고 그는 아직 결정하지 못한 상태였다.

그녀를 바래다준 후, 자신은 어떻게 할지에 대해!

물론 '아직 결정하지 못한 상태'라는 것은 그 혼자만의 생각이기 쉬웠다.

"저기야!"

황유나가 오른쪽 앞의 6층짜리 건물을 가리키며 말했다.

건물에 딸린 지상 주차장에 차를 세우고 내리다가 철민은 멈칫하고 만다. 그가 예상했던 것과는 뭔가 사뭇 달랐기 때문이다.

그는 그녀가 숙소로 잡았다는 곳이 당연히 호텔인 줄 알았다. 왜냐고 묻는다면 딱히 대답할 말이 마땅찮긴 하지만, 어쨌든 호텔이어야 했다.

그런데 지금 그의 앞에 있는 건물은, 1층의 커다란 회전문을 통과하면 넓은 로비가 나오는 그런 곳이 아니다. 회전문 대신 반투명의 작은 자동 출입문이 있을 뿐이다.

〈썬 모텔〉

자동 출입문의 유리에 빨간 글씨로 그렇게 써져 있다.

"모텔이었어?"

철민의 물음에는 사뭇 노골적인 질책이 녹아 있었다.

황유나가 설핏 표정을 찌푸린다. 그러나 그녀는 이내 피식! 가벼운 실소를 머금으며, 불쑥 철민의 팔짱을 낀다. 그러고는 모텔의 자동 출입문 쪽으로 그를 이끈다.

"어… 엇? 왜 이래?"

철민은 놀란 나머지 황급히 황유나의 팔을 풀어낸다.

황유나는 언뜻 당황하더니, 화가 난 듯이 쏘아붙인다.

"너야말로 왜 그러는 거니?"

철민을 매섭게 한번 흘겨본 그녀는, 그대로 출입문을 열고 건물 안으로 들어가 버린다.

철민은 다른 생각을 할 겨를도 없이 황급히 그녀의 뒤를 따라 들어간다.

황유나는 곧장 프런트를 향해 간다.

프런트에는 어두운 조명에 대비가 되어서인지 얼굴색이 유난히 흰, 그래서 괜히 첫인상부터가 비호감인 30대 후반쯤 되는 사내가 앉아 있었다. 사내는 왠지 모호해 보이는 시선으로 그와 황유나를 번갈아 살피고 있었다.

'일단은 여자 혼자가 아니란 걸 보여주자!'

당장 프런트의 허여멀건 저 사내에서부터, 이 모텔 안에서 황유나가 또 마주칠지도 모를 불특정한 사내들에게 그런 인식을 심어줄 필요성이 있었다. 만에 하나라도 허튼 마음을 먹는 놈들이 없도록! 그 생각에 철민은 일단 황유나의 뒤에 버티고 섰다.

"305호 키 주세요!"

황유나의 말에 프런트의 사내는 군말 없이 카드 키 하나를 내준다. 황유나가 키를 받고 돌아설 때, 사내가 짐짓 의아하다는 듯이 묻는다.

"306호 키는 안 가져가십니까?"

"그건 저 사람한테 물어보세요!"

황유나는 돌아보지도 않고 쌀쌀맞게 대답했다. 그러곤,

또각!

또각!

차갑도록 선명한 하이힐 소리를 내며 엘리베이터를 향해 걸어간다.

철민은 상황을 이해하는 데 잠깐의 시간이 필요했다.

'황유나가 가져갈 수 있는 키가 하나 더 있다? 즉, 황유나가 잡아놓은 방이 두 개다?'

그러나 그 잠깐의 시간을 소요한 것 말고는, 그다음부터의 판단과 행동에 대해서 철민은 사뭇 대범해진다. 그는 성큼성큼 프런트로 다가가 사내가 들고 있는 키를 낚아채듯이 받아 든다. 그러곤 곧장 황유나의 뒤를 좇아간다. 이미 얼마간 이상하게 되어 버린 이 상황을, 더 이상 이상하게는 만들지 않는 것! 그것이 지금의 상황에서는 최선이었다.

"설마 너 이런 데 한 번도 안 와 봤니?"

엘리베이터를 기다리며 황유나가 나직한 소리로 물었다. 엉뚱한 소리다. 그러나,

'지금 상황에서 왜 그런 걸 묻지?'

하는 의아함 이전에, '설마?'라는 단어가 주는 느낌만으로도

철민은 영 걸쩍지근하다.

"그럼… 넌 자주 와 봤니?"

철민이 짐짓 퉁명스레, 그러나 나직하게 되물었다.

"뭐… 자주까지는 아니고… 가끔."

황유나가 피식 웃으며 대답했다.

순간 철민은 저도 모르게 몹시 사나운 심정이 되고 만다. 버럭 소리라도 지르고 싶은 것을, 뒤쪽에서 자신들에게로 여전한 시선을 주고 있을 허여멀건 프런트 사내 때문에라도 억지로 참아야만 했다.

그때 마침 엘리베이터가 왔기에, 철민은 황유나의 등을 밀다시피 하며 탄 뒤, 문이 닫히자마자 참아두었던 사나움을 토해낸다.

"뭐, 가끔……?"

황유나가 짐짓 놀랐다는 듯이 어깨를 움츠린다.

"어머, 얘? 막 노려보면서 소리 지르니까 무섭다?"

그러나 '배시시!' 웃는 그녀에 대해, 철민은 계속 불뚝거릴 수도 없었다.

"그래도 내가 기자잖아? 기자가 못 갈 데가 어디 있겠어? 기자 노릇 하다 보면 별별 데를 다 가 보게 되는 거지! 물론 업무상이지! 어디까지나 업무상 필요에 의해서!"

황유나가 뒤늦은 해명을 했다.

그런 그녀의 말투가 문득 나긋나긋해져 철민은 금세 또 마음이 가라앉는다. 하긴 그가 불뚝거릴 이유도 딱히 없는 것이다. 그가 그녀에게 무엇이라고, 그녀의 일에 대해 이렇다 저렇다 함부로 간섭을 한단 말인가? 그녀가 모텔을 들락거리든 말든, 대관절 그에게 무슨 권한이 있어서 그런 데 대해 왈가왈부할 수 있단 말인가?

엘리베이터에서 내리자 붉은 카펫이 깔린 좁은 복도가 길게 이어져 있다. 그리고 희미한 조명 아래 복도의 양편으로 각기 호실 번호가 달린 방들이 촘촘히 늘어서 있다.

305호와 306호는 나란히 붙어 있다.

모텔! 게다가 겨우 벽 하나를 사이에 두고 그녀와 하룻밤을 함께 보내게 되었다는 생각만으로도 철민은 무단히 가슴이 벌렁댄다. 온몸에 열기가 휘도는 것만 같다.

"어이, 용사! 기껏 모텔이라서 미안해! 이 공주님이 아직 말단 기자이다 보니, 주머니 사정이 좀 팍팍해서 말이야! 이번에는 마음에 안 들어도 좀 봐주라! 대신… 다음에 이런 일이 또 있으면, 그때는 최소한 4성급 호텔은 잡아줄게! 오케이?"

황유나가 짐짓 넉살을 부렸다.

그런데 그 말에 철민은 무심결에,

"나한테 미리 얘기를 하지 그랬어? 그랬으면 내가……."

하다가는 얼른 입을 닫고 말았다.

황유나의 눈썹이 찡긋 움직이는 것 같았다. 그러나 그녀는 싱긋 웃으며 가볍게 받는다.

"다짜고짜 보디가드 노릇 해달라고 턱없이 강짜를 부리는 것만으로도 미안하기 짝이 없는데, 거기서 뭘 더 바란다면 내가 얼마나 나쁜 사람이 되겠니?"

그에 철민은 오히려 겸연쩍어져서 그저 고개나 주억거린다.

황유나가 한쪽 눈을 찡긋하더니, 입가에 짐짓 묘한 웃음기를 만들며 덧붙인다.

"그럼 우선 샤워부터 하고 나서, 내가 그쪽으로 갈까? 아니면 네가 내 방으로 올래?"

순간 철민은 정말로 멍해지고 만다.

'샤워하고!'

'내가 그 쪽으로 갈까?'

'네가 내 방으로 올래?'

그녀가 뱉은 일련의 문장들이 스테레오 사운드처럼 쿵쾅거리며 그의 머릿속을 거칠게 울려댄다. 갑자기 현기증이 난다.

"아, 아니… 난… 난 됐어!"

철민은 마구 뛰노는 심장을 추스르며 겨우 대답했다.

"응? 됐다니, 뭐가 돼?"

황유나가 의아하다는 투이더니, 이내 묘한 표정을 짓는다.

"너 지금……?"

그러더니 그녀는 다시 어이없다는 표정을 지으며 툭 쏜다.

"누가 잡아먹기라도 할까 봐 그래?"

그 말에 철민은 아예 말문이 막히고 만다.

"호호호!"

그녀가 호탕하게(?) 웃어젖혔다. 그러고는 철민의 어깨를 툭 친다.

"초저녁부터 잘 것도 아니고, TV나 보고 있기도 심심할 테니, 같이 맥주나 한잔하자는 거지! 얘기도 좀 하고 말이야! 오케이? 샤워하고 갈 테니까, 기다려? 호호호!"

다시금 호탕한 웃음소리를 남기며 황유나는 305호의 문을 열고 들어간다.

철민은 혼자 덩그러니 복도에 남았다. 이 묘한 기분이라니! 당황스럽기도 하고, 부끄럽기도 하고……! 아무튼 뭔가 잘못된 느낌이다. 그가 황유나처럼 호탕했어야 하는 것이고, 황유나가 그처럼 당황스러워하고, 부끄러워하고 그랬어야 하는 것 아닌가?

제9장
기억

자! 우리의 역사적인 첫날밤을 위하여!

쏴아아~!

샤워기에서 뿜어지는 뜨거운 물줄기에 철민은 온몸을 맡기고 있다.

욕실을 가득 채운 뿌연 김은 오랜만의 샤워라는 감흥을 더해 주는 데가 있다.

그런 감흥이란 것은, 단지 열흘여 만이라는 시간이 주는 거리감 그 이상이다.

문명과 단절되었던 세상에서 다시 문명의 세계로 돌아온 듯한 느낌이랄까?

온통 눈으로 뒤덮인 산중의 깊은 적막과 막막함! 그런 가운데 고고하게 홀로 자리 잡은 작은 암자! 아궁이에서 붉게 타오르던 장작불! 뜨끈뜨끈 달아오른 아랫목!

그런 것들은 어느새 아득히 먼 곳의 일들처럼 아련해진 것만 같다. 오늘 아침 떠나올 때까지도 세상의 전부인 것처럼 익숙하기만 했던 것들이었음에도!

그는 지금 약간의 돈으로 얻을 수 있는 문명의 편리와 안락함을 맘껏 누리고 있었다.

철민은 문득 실소하고 만다.

그는 지금 도대체 어디에서 무엇을 하고 있는 중인가?

느닷없이 이 낯선 도시에 와서, 계획에도 없이 어느 모텔에 들어와 있다. 더욱이 벽 하나를 사이에 둔 바로 옆방에는 황유나가 있다.

생각할수록 참으로 황당한 노릇이다.

뿌옇게 김이 서린 거울에 벌거벗은 몸이 비치고 있었다.

한 겹 반투명의 막을 사이에 두고 비치는 실루엣 같은 몸매가 제법 괜찮게 보이기도 한다.

철민이 짐짓 폼을 잡아 보다가는 다시금 피식 실소를 흘리고 만다. 황유나의 타박이 떠올라서다.

'너… 왜 이렇게 됐어? 여행 간다더니, 내내 먹자판을 벌이다 왔구나? 도대체 얼마나 먹어댔으면 기껏 열흘여 만에 얼굴이 두 배로 불어버렸니?'

대충 몸을 닦고 욕실 문을 열고 나오던 철민은 그만 화들짝 놀라고 만다. 침대에 여자 하나가 걸터앉아서 자신을 보고 있다.

"뭐… 뭐야?"

철민이 혼비백산해서 욕실 안으로 다시 뛰어 들어간다.

"호호~ 호!"

등 뒤에서 까르르 웃는 소리가 터져 나온다. 황유나다.

"뭘 그렇게 유난을 떠니? 별로 볼 것도 없구만!"

그 소리에 철민은 반사적으로 자신의 몸을 내려다본다. 다행이다. 정말 '별로 볼 것'이 없어서! 욕실에 대형 타월이 비치되어 있기에 구색을 맞춰 본다고 아랫도리를 감았던 게 그나마 천만다행이다.

철민이 짧은 한숨으로 놀란 가슴을 진정시키는데, 바깥에서 황유나가 다시 슬쩍 물어온다.

"옷 넣어 줄까?"

그러고 보니 철민의 옷은 죄다 바깥에 있었다. 속옷까지 아무렇게나 벗어 던져놓았다.

더 큰 걱정이 번개처럼 스쳐 지나간다. 그 옷들은 호리암에서 적어도 재탕 삼탕으로 입었던 것이었다!

그때 욕실 문이 한 뼘쯤 열리더니, 옷가지를 든 손 하나가 슬그머니 들어온다.

철민이 얼른 옷가지를 낚아채자, 손은 욕실 내부를 살피는 카메라처럼 빙글빙글 두어 바퀴 돌더니 다시금 슬그머니 밖으로 빠져나간다.

철민이 얼른 문을 밀어 닫자, 바깥에서 킥킥대는 웃음소리가 들려온다.

철민은 서둘러 옷을 입었다.

"야! 넌… 도대체 어떻게 된 여자가… 남자 방을 그렇게 제멋대로 들어오냐?"

철민이 밖으로 나오자마자 버럭 소리부터 지른다.

황유나는 오히려 어이없다는 낯빛이다. 그러더니 곧장 더 세게 받아친다.

"어쭈? 제멋대로 들어오기를 바란 건 아니고?"

"뭐?"

"그렇지 않으면? 내가 분명히 올 거라고 말을 했는데도, 문도 잠그지 않은 채 샤워를 하는 저의가 뭔데?"

저의? 그 말에 철민은 그만 말문이 턱 막히고 만다. 그랬던가? 카드 키 사용하는 것이 영 낯설었는데, 문에다 그대로 꽂아둔 모양이다.

"그리고 술에다 안주까지 살뜰하게 챙겨서 왔더니, 고맙다는 소리는 못할망정 뭐, 어쩌고 어째? 남자 방을 제멋대로 들어와? 야! 싫으면 그냥 곱게 싫다고 해라! 군말 없이 나가 줄게!"

황유나의 기세가 아주 등등하다. 그러고 보니 침대 아래 방바닥에 캔 맥주며, 소주며 몇 가지 안주거리가 많다 싶을 정도로 푸짐하게 펼쳐져 있다.

그에 철민은 더욱 할 말이 없었는데, 샐쭉한 표정으로 눈을 치켜뜨며 잠시 흘겨보고 있던 황유나가 돌연히 피식 실소하고는 사뿐히 방바닥에 내려앉는다.

"자! 개운하게 샤워도 했겠다, 시원한 맥주 당기지 않아?"

그러고는 맥주 캔 하나를 따서 철민에게 건넨다. 마치 아무 일도 없었던 것처럼.

철민은 홀린 듯이 받는 수밖에! 달리 무슨 도리가 있으랴!

맥주 캔 하나를 더 딴 황유나가 캔을 치켜들며 외친다.

"자! 우리의 역사적인 첫날밤을 위하여!"

철민은 움찔 당황한다. 그러나 이미 기선을 제압당하고 말았으니, 쓴웃음으로 장단을 맞춰 줄 수밖에 없었다.

"위하여!"

벌컥~ 벌컥!

철민은 단숨에 캔을 비워냈다. 황유나의 말처럼 샤워 뒤여서인지 시원하긴 했다.

철민을 힐끗 본 황유나가 캔을 다 비워 내고는,

"캬~! 좋다!"

하고 짐짓 걸쭉하니 감탄사를 발한다. 그러더니 빈 캔을 머리 위에다 거꾸로 세워 터는 시늉을 한다. 거품 섞인 맥주 몇 방울이 그녀의 머리 위로 떨어진다.

'저거… 머리카락 색깔 변하지 않나?'

철민은 문득 그런 걱정(?)을 했다. 어렸을 때는 그런 줄 알았다. 맥주에 머리를 감으면 갈색으로도 되고, 붉은색으로도 되고, 금발로도 되는 줄 알았다. 여자들의 염색한 머리가 다 그렇게 해서 된 줄 알았다.

그는 문득 감상적인 생각이 들었다. '어렸을 때'라는 시점은, 전혀 의도치 않게 살짝 접촉이 되는 것만으로도, 그가 까맣게 잊고 있던 기억 몇 가닥씩을 불쑥 퍼 올리는, 마치 조건반사와도 같은 데가 있다.

"왜 안 해? 너도 해!"

황유나가 강요하고 있다. 함께 '머리카락 염색'을 하자고!

철민이 그런 그녀를 그저 멀뚱히 보고만 있자, 그녀는 짐짓 애교스러운 표정을 지어 보인다.

“기분 좀 맞춰 주라!”

그에 철민은 멀뚱함을 고수할 수 없었다. 빈 캔을 머리 위에 거꾸로 세우고 털어 준다. 그리고…

바자~ 작!

철민의 손아귀에서 빈 캔이 제법 요란스럽게 우그러졌다. 그녀의 강요에 대한 소심한 반발이다.

황유나가 눈매를 샐쭉하게 만든다.

그래, 내공은 좀 쌓았고?

“그런데 아까 보니까, 너 가슴에 이상한 게 있더라? 무슨 흉터 같기도 하고, 아니면… 혹시 문신 같은 거야?”

황유나가 다시 무언가 새로운 흥밋거리라도 떠올랐다는 듯이 사뭇 유난을 떤다.

“문신? 나 그런 거 없어! 흉터도 없고!”

철민은 짐짓 정색하며 고개를 저었다.

“아니야! 내가 봤다니까!”

황유나가 고개를 갸웃하더니 다시 ‘피시시!’ 웃는다.

“근데 너 겉보기엔 별로 같더니, 벗어 놓으니까 제법 몸 좋더라?”

이건 또 뭔 소린지? 누구에게서 몸 좋다는 소리를 듣기는 그야말로 머리털 나고 나서 처음이었다. 그러나 괜한 소린 줄 뻔히 알면서도, 또 왠지 뿌듯해지는 기분이라니! 하긴, 여자한테서 그런 말을 듣는 걸 싫어하는 남자가 있을까?

그런데 그때였다.

"야! 이리 좀 와 봐!"

황유나가 갑자기 손을 뻗어 어깨를 잡으려는 시늉을 한다.

철민에 화들짝 놀라 어깨를 뒤로 뺀다.

"왜 이래?"

"한 번 좀 만져 보자!"

"뭐? 만지긴 어딜 만져?"

"왜… 안 돼?"

"얘가… 정말 왜 이래? 그걸 지금 말이라도 하니? 아무리 농담이라도 그렇지?"

철민이 정색을 했다. 그러자 황유나는 또,

"호호호!"

하고 사뭇 작위적으로 들리는 웃음을 터뜨리며 호들갑스러워진다.

"어머머! 얘 좀 봐? 진짜로 당황하고 있는 거야? 어머, 얘! 누가 잡아먹는대? 괜찮아! 안 잡아먹을게! 그런데 솔직히 나는 이미 네 몸에 대해 볼 거 안 볼 거 다 봐 버렸는데 어쩌냐? 에

이, 그렇다고 너무 걱정은 하지 마! 정 뭣하면 아예 내가 책임져 주면 되는 거 아냐?"

그 말에 철민은 멍해질 수밖에 없었다. 괜스레 뭔가 좀 억울한 기분이 들기도 했다. 이건 뭔가, 한참 거꾸로 된 것 같다. 굳이 이런 장난을 칠 것 같으면 서로의 역할이 지금과는 반대로 되어야 하는 것 아닌가? 어디까지나 그가 남자이고, 그녀는 여자인데 말이다. 그러나 그가 기껏 뱉어낸 소리라고는,

"야! 자꾸 쓸데없는 소리 하려거든, 그만 네 방으로 가라!"

그게 다였다.

당연히 황유나는 여유가 만만이었다. 그녀가 짐짓 놀랐다는 듯이 받는다.

"어머! 너, 좀 세게 나오는 것 같다?"

이어 그녀가 어깨를 움츠려 보이며,

"내 방으로 가라고? 어머머! 무서워라! 무서워서 나 꼼짝도 못하겠는데 어떡하지?"

하는데 얼굴은 생글생글 웃고 있었다.

그 노골적인 도발(?)에 철민이 짐짓 덮칠 듯이 몸을 세우며 으르렁거린다.

"그으~ 래? 그럼… 크아앙! 확 잡아먹어 버릴 테다!"

"어디 한번 잡아먹어 봐라! If you can!"

황유나가 또한 몸을 세우며 마주 으르렁댔다. 심지어 그녀

는 아예 자신의 이마를 철민의 이마에 맞대며 슬쩍 밀어붙이기까지 한다.

철민은 갑자기 목이 탄다. 뭔가 뜨거운 것이 목구멍을 타고 확 올라오는 듯했다.

참을 수 없는 유치함 때문일까?

철민은 슬그머니 원래의 자리를 찾아 앉았다. 그러곤 캔 맥주 새것을 하나 집어서 급하게 뚜껑을 따고는, 벌컥벌컥 단숨에 비워버렸다.

"호호호!"

황유나의 웃음소리가 짜랑하다.

"여행은 좋았어?"

"그냥… 그랬지, 뭐!"

"부럽다, 진짜! 그래, 어디로 갔다 왔는데?"

"그냥… 사람 없고 조용한 데서 푹 쉬다 왔어!"

"흠! 사람 없고 조용한 데라……! 멋지다! 어딘지 추천 좀 해주라! 지금은 꿈도 못 꿀 일이지만, 언젠가 좋은 시절 오면 나도 한번 가보게!"

"추천할 만한 데는 아냐! 그냥… 깊은 산속에 있는 작은 암자야!"

"깊은 산속에 있는 작은 암자? 쭉 거기서만?"

"그렇다니까?"

별 영양가도 없는 얘기가 오가고 있었다. 심심풀이 안주 삼아서!

여행 얘기는 대충 일단락되었다 싶었는데 황유나가,

"한 열흘쯤 되지? 거기, 암자에서는 뭐 하고 지냈는데?"

하고 다시금 불쑥 꼬투리를 잡았다.

그 질문에 철민은 괜스레 좀 당황스러워졌다. 그 열흘간 과연 그는 뭘 했나? 밥하고, 먹고, 설거지하고, 땔감 구하러 다니고, 군불 때고… 악몽을 꾸고, 깨꿈도 꾸고! 열흘 내내 그런 것만 하다 왔다고 대답하긴 좀 그렇지 않은가?

"뭐 하고 지내긴… 깊은 산중에 틀어박혀 특별히 할 일이 뭐가 있겠어? 그냥……."

애매하게 말끝을 늘이다가 짐짓 농담처럼 툭 뱉는다.

"기 수련 같은 거나 좀 하면서 지냈지!"

"기 수련?"

"내공이라고 해야 하나? 뭐, 그런 거 있잖아?"

황유나는 뜨악하다는 표정이더니, 이내 가벼운 투로 장단을 맞춘다.

"혹시… 그 암자가 소림사였어? 호호호! 그래, 내공은 좀 쌓았고?"

"뭐… 조금! 훗!"

마주 장단을 맞추고 보니 실소가 절로 새어 나온다.

그런데 황유나의 술 마시는 템포가 제법 빨랐다.

그런 그녀에게 적당히 맞추며 마시다 보니, 철민 역시 어느덧 제법 취한 듯했다. 그러자 문득 경각심이 들기도 했다.

그와 황유나가 연인 관계도 아닌 이상, 모텔 방 안에 함께 있는 것만으로도 부적절하다고 할 것인데, 이 이상 취한다면 곤란한 일이 벌어질 수도 있을 것 같은 기분이었다.

연인 관계는 아니더라도, 어쨌든 피 끓는 청춘 남녀가 아닌가 말이다.

취재 테마

"이런……! 언제 시간이 이렇게나 되었지? 벌써 11시다, 야! 이제 그만 끝내자!"

말끝에 철민이 설핏 비장해졌다. '끝내자!'는 선언(?)이 내포하는 비장미랄까? 역시 취한 걸까?

그런데 힐끗 흘겨보는 황유나의 기색이 심상치가 않다.

"벌써 끝내면 섭섭하지!"

그녀의 말은 단호한 느낌이 들 정도로 분명하다. 순간 일말의 불안감이 철민을 엄습한다.

"나는 좀 취하는 것 같아서……! 그리고 너도… 내일 일해야 할 거 아냐?"

철민이 애써 선언(?)을 고수하려 했다.

그러나 그녀는 이미 '발동'이 걸린 상태로 보였다.

"내일은 내일이고… 중요한 건 오늘이지! 그런 말 몰라? 인생에서 가장 중요한 때는 바로 지금 이 순간이다. 과거는 이미 바꿀 수 없고, 미래는 누구도 알 수 없는 거다. 우리가 우리 의지대로 누릴 수 있는 것은 오로지 지금 이 순간뿐이다. 자! 그런데 이처럼 소중한 지금 이 시간을, 고작 내일을 위해 잠이나 자는 것으로 소비해서야 되겠냐고?"

그리고 황유나는 철민에게 똑바로 시선을 맞추며 말을 잇는다.

"나 술꾼 같지? 그래… 사실 나 술 많이 마셔……! 그렇지만… 그냥 어쩔 수 없이 마셔야 해서 마시는 경우가 대부분이고… 좋아서 마시는 경우는 거의 없어……! 그런데 지금은 아냐……! 좋아서 마신다고……! 너하고 마시니까… 편하고 술맛도 난다고……! 그러니까… 조금만 더 마시자… 조금만 더……! 알았지?"

'제기랄!'

철민이 내심 투덜거린다. 그녀는 확실히 '발동'이 걸렸다. 말끝이 늘어지고 있다는 것만으로도!

"야야! 술도 다 떨어졌다. 이 시간에 술 사러 나가기도 그렇지 않냐?"

철민이 빈 맥주 캔이며 소주병을 들어 보이며 말했다. 그가 해볼 수 있는 마지막 만류다. 그러나 궁색하다. 그가 이미 몇 차례 겪어본 바도 있거니와, 일단 발동이 걸린 그녀는 이제부터 본격적으로 '달려 볼' 기세였다.

"술? 걱정 마셔……! 너보고 사오라고 안 할 테니까……!"

황유나가 손을 뻗어 탁자 위에 놓인 룸 폰을 잡는다.

"여기 305호… 아니 306호인데요……! 룸서비스 되죠……? …안 돼요?"

프런트에선 안 된다고 하는 모양이다. 하긴 호텔도 아닌 모텔에서의 룸서비스는 좀 어울리지 않긴 했다.

그러나 황유나는 전혀 포기하는 기색이 아니다.

"그럼… 술 좀 사다 주세요……!"

황유나의 요구는 철민이 듣기에도 턱없는 소리였다.

그러나 돌아가는 분위기는 금세 '턱도 없는 소리'가 아닌 것으로 되는 모양새다.

"수고비요……? …그럼요… 당연히 드려야죠! 예… 그렇게 하죠! 그럼, 소주랑 맥주 섞어서 3만 원어치만 좀! 예… 예……!"

황유나는 전화를 끊으며 하얀 이를 한껏 드러내며 웃어 보인다.

사뭇 과시적인 그녀의 웃음을 보며 철민은 퍼뜩 계산에 돌입해야 했다.

'3만 원어치면 대체 몇 병이라는 거야?'

똑똑!

노크 소리에 문을 여니 사내 하나가 커다란 비닐봉지를 내민다. 프런트를 지키고 있던 그 허여멀건 사내다. 사내가 입가에다 괜스레 만들어 내는 미소가 느끼하다.

철민이 한 대 쥐어박고 싶은 충동이 일었다.

'이걸 확……!'

아아! 역시 취기 때문이리라.

사내가 준 술은 필경 사온 것이 아니라, 미리 사다 놓은 것 같았다. 그러고 보면 모텔 손님들이 술을 찾는 경우가 꽤 있는 모양이고!

소주와 맥주 캔 작은 것이 각각 3,000원씩! 그 이상한 계산법에서도 모텔의 장사 속셈은 그대로 드러난다. 술집에서나 받는 가격이 아닌가? 거기에다 수고비는 수고비대로 따로 챙기고!

한편으로는 다행이다 싶었다. 값을 비싸게 친 덕에 술병 수가 좀 줄었으니 말이다.

그래도 소주가 다섯 병에, 맥주가 다섯 캔이다. 설마 그걸

다 마시기야 할까만!

빈 병과 캔이 하나씩 늘어가고 있다.

얘기를 하는 쪽은 거의 황유나다.

그녀의 얘기를 요약해 보자면…

그녀가 자리를 옮긴 사회부 신규 기획 팀은 팀장 아래 팀원이 세 명뿐이다. 팀장은 고참급이지만, 그 아래 팀원 세 명은 그녀와 비슷하게 일천한 경력의 신참급! 이른바, 아직 기자로서의 매너리즘에 물들지 않은 젊은 사고의 인력들에게 미디어에서 흔하게 다루어지지 않는 신선한 주제들에 대한 기획 취재를 시도해 보라는 취지에서 만들어진 팀이다.

팀장은 팀원들에게 우선 과제를 주었는데, 각자 자유롭게 취재 테마 하나씩을 구상해서 대강의 그림을 그리고, 기초 단계의 취재까지 독립적으로 해보라는 것이었다. 그런 다음 그중 팀의 첫 번째 취재 프로젝트를 선정하게 된다.

그렇게 해서 그녀도 테마를 하나 잡았는데, 바로 마약 수사대 형사들에 대한 취재였다. 즉, 경찰 중에서도 가장 거칠고 위험한 직군에 속한다는 마약 수사대 형사들의 활약상과 근무 실상을 취재하고, 동시에 근래 들어 급증하고 있는 마약 사범에 관한 실태까지 이슈화해 보겠다는 취지다. 엉뚱하다고 해야 할지, 무모하다고 해야 할지, 혹은 당차다고 해야 할지…….

어쨌든 그녀는 먼저 경기지방경찰청 마약 수사대에 취재 의도를 설명한 뒤 협조를 요청했는데, 처음에는 단번에 거절당했다. 그러나 이런저런 모종의 경로를 통해 다시 몇 번의 협조를 요청했고, 이윽고 수사에 방해가 되는 행위를 일절 하지 않는다는 전제하에 겨우 취재를 허락받았다. 즉, 수사 팀과 함께 움직이는 것은 원천적으로 불가하고, 대신 수사 현장을 원거리에서 취재할 수 있도록 해줄 테니, 수사에 방해가 되지 않는 범위 내에서 재주껏 취재해 보라는 것이었다.

그리하여 내일부터 본격적으로 수사 팀의 뒤를 따라붙을 것인데, 물론 그렇게 해서야 쓸 만한 내용은 하나도 건지지 못할 수도 있겠지만, 그래도 죽이 되든 밥이 되든 일단 온몸으로 한번 부딪쳐 볼 각오라고 했다.

설마 다 마실까 했는데, 결국은 다 마시고야 말았다. 새로 들인 소주 다섯 병과 맥주 다섯 캔을!

그중 절반은 철민이 마신 것 같다. 조금이라도 빨리 술자리를 끝내려는 욕심으로! 그리고 황유나가 조금이라도 덜 취하게 하려는 배려(?)로!

그녀도 취했고, 그도 취했다. 당연히 모든 얘기도 취중에 오갔다. 그래서일 것이다. 그녀의 얘기들이 그에게 그다지 심각하게는 와 닿지 않는 것은.

“아! 이제… 진짜로 그만하자! 가라! 그만!”

말해놓고 나니 철민의 그 말은 사뭇 비장한 이별 장면의 대사 같기도 했다.

황유나가 배시시 웃는다. 그러곤 군말 없이 일어선다.

그녀의 늘씬한 몸이 휘청거린다.

‘마치 춤을 추는 것 같다!’

철민은 객쩍은 생각을 해본다. 그러나 그녀의 춤을 조금 더 구경하고 싶다는 욕심을 단호히 떨쳐 내고, 그녀를 부축해서 305호, 그녀의 방까지 데려다준다.

“Good night!”

그녀가 문에 기대 기우뚱하게 몸을 세운 채 거수경례를 해 보인다. 그러곤 비틀거리며 방으로 들어간다.

찰~ 칵!

안에서 문이 잠기는 소리를 확인하고 나서야 철민은 306호, 자신의 방으로 돌아온다. 문득 취기가 확 올라와 어지러웠다.

그는 침대에 앉은 채 그녀와 나누었던 많은 얘기를 잠시 돌이켜 본다. 그러나 머릿속이 뒤죽박죽이 된 느낌이어서, 무슨 얘기를 나누었는지 잘 정리가 되질 않는다.

번개무늬

철민은 양치를 하고 나서 세면대의 거울을 보다가 상의를 훌러덩 벗어 버렸다. 자신의 가슴에 흉터 같기도 하고 문신 같기도 한 게 있다고 했던 황유나의 말이 문득 생각나서였다.

"있긴 뭐가 있다는 거야?"

그러다 철민은 문득 두 눈을 크게 뜬다.

"뭐지……?"

뭔가가 있기는 있다. 아까 샤워할 때만 해도 보지 못했던 것 같은데!

그것은 그의 양쪽 가슴 아래에서부터 목으로 올라와 다시 양팔과 등 뒤로 이어져, 거의 상반신 전체에 걸쳐져 있다. 마치 나뭇가지들이 쭉쭉 뻗어 나가는 무늬였다. 무늬들은 피부색보다 조금 더 짙어서, 마치 문신을 새겼다가 오래되어 희미하게 퇴색된 것처럼 보인다.

"이게 어떻게 된 일이지?"

스스로도 생소하여 어리둥절해지고 말 때였다. 그의 머릿속 깊숙한 어디에선가 안개처럼 스멀스멀 기어 나와서는 불현듯 되살아나기 시작하는 기억의 편린들이 있었다.

"아……!"

철민은 신음처럼 무거운 탄식을 토해내고 말았다. 그것은 오래전에, 까마득한 어느 옛날에 그에게 일어났던 어떤 사건에 대한 기억이었다.

그러고 보니 그는 정말로 까맣게 잊고 있었다. 너무나도 엄청났던 그 사건에 대해 어떻게 그처럼 완벽히 잊고 살아올 수 있었을까, 스스로도 신기할 정도로.

어린 철민이 엄마와 단둘이 살던 산촌의 그 낡은 집은, 온통 굵은 금이 가고 군데군데 움푹 파이고, 허물어진 벽과 한여름 장마철이면 늘 비가 새는 데다 화사한 봄날에도 홀로 우중충하기만 했던 빛바랜 회색의 슬레이트 지붕을 이고 있었다.

그리고 아궁이! 그 아궁이에 불을 지피면 온돌방의 아랫목이 참 뜨거웠다. 장판이 새카맣게 탈 정도로. 그리고 엄마는 아궁이에 불을 피우기 위해 시간이 날 때마다 산에 올라 나무를 해 와야만 했다.

그날! 그날따라 그는 혼자 집에 남겨지는 게 싫었다. 그래서 나무하러 가는 엄마의 뒤를 쫄래쫄래 따라 나섰다. 엄마는 따라오지 말라고 자꾸만 손사래를 쳤지만, 동구 밖까지 따라 나온 그를 어쩌지 못하고 끝내 손을 잡아 주었다.

개울의 징검다리를 건너고, 꾸불꾸불 오솔길을 따라 다시 얼마간 산속으로 들어갔다. 이윽고 도착한 골짜기의 가파른

산비탈에서 엄마는 말라죽은 나무의 가지들을 낫으로 쳐내는 일을 시작했다. 그렇게 땔감이 적당히 모아지면 생소나무 가지들로 겉을 두르고, 다시 칡 줄기로 묶어 커다란 나뭇단을 만드는데, 그 나뭇단을 머리에 이었을 때 엄마는 거의 보이지 않았다. 나뭇단이 저 혼자 걸어가는 것처럼 보일 만큼 엄마는 잠시도 쉬지 않고 일을 할 것이었다. 아마도 해거름 무렵이 될 때까지!

그는 엄마가 일하는 모습이 보이는 아래쪽 비탈의 작은 공터에서 혼자 놀고 있었다. 나뭇가지를 꺾어 바닥에 그림도 그리고, 하늘에 떠다니는 구름의 형상을 보며 공상을 하기도 했다. 그러나 혼자 놀이를 하는 중에도 한 번은 꼭 엄마의 모습을 확인하곤 했는데, 그때마다 엄마는 산비탈을 조금씩 올라가고 있었다.

사방이 문득 어두워지는 것 같아 하늘을 보니, 구름이 잔뜩 몰려드는 게 심술궂게 소나기라도 한바탕 뿌릴 것 같았다. 그는 반사적으로 엄마가 있는 쪽을 보았다. 그러나 그때 엄마는 이윽고 산비탈 위쪽으로 멀리 가버렸는지 보이지 않았다.

그에 그는 갑자기 무서워졌고, 엄마를 찾아가기로 했다. 그런데 그가 막 공터를 벗어나 수풀 사이로 난 작은 길로 들어섰을 때였다.

쉬~ 쉿!

바람 소리치고는 너무 날카로운 소리가 났다. 그의 서너 걸음 앞에서 똬리를 튼 채 대가리를 빳빳이 곧추세운 까치 독사 한 마리가 그를 노려보고 있었다. 그는 멈칫 얼어붙었다가, 다음 순간 그대로 뒤돌아 반대쪽으로 도망치기 시작했다. 감히 뒤를 돌아볼 엄두조차 내지 못했다. 까치 독사가 바로 뒤에서 쫓아오고 있는 것만 같았다.

얼마나 정신없이 달렸을까? 숨이 턱밑까지 차오르는 와중에 그만 발을 헛디뎠고, 그 바람에 그는 급경사를 이루고 있는 비탈 아래쪽으로 굴러떨어지고 말았다. 하늘과 땅이 번갈아 빙글빙글 돌며 휙휙 지나갔다.

한참을 굴러떨어지다가 겨우 정신을 차리고 보니, 그는 비탈 중에 툭 튀어나온 커다란 너럭바위 위에 엎드려 있었다. 머리를 들어 위쪽을 보니 급한 경사의 비탈이 너무나 높았다. 혼자의 힘으로는 도저히 올라갈 엄두를 내지 못할 정도였다. 다시 아래를 보니 더욱 급한 비탈이 까마득한 벼랑처럼 이어지고 있었다.

"엄마~!"

그는 비탈 위쪽을 향해 있는 힘껏 소리를 질렀다. 그러나 아무 대답이 없었다.

"엄… 마……!"

어느 골짜기에서 반사되었는지 희미한 메아리만 들려왔다.

"엄마~!"

다시 소리를 질렀을 때,

우르릉~!

갑작스러운 천둥소리가 그의 목소리를 삼켜 버렸다. 기겁하여 하늘을 올려다보니 시커먼 구름이 잔뜩 몰려들고 있었다. 금방이라도 한바탕 거센 빗줄기를 쏟을 태세였다. 그러고 보니 어느새 주변도 어둑어둑하게 변해가고 있었다.

그런데 그때였다. 불안과 공포로 잔뜩 움츠린 그의 눈앞에서 기이한 광경이 펼쳐지고 있었다. 건너편 계곡을 타고 무언가 거대한 것이 꿈틀거리며 산 위로 기어오르고 있었다. 그것은 굵고 시커먼 기둥 같기도 하고, 한 마리의 거대한 뱀 같기도 했다.

하늘을 가득 뒤덮은 먹구름 사이로 쉴 새 없이 백색의 섬광들이 번쩍거리기 시작했다. 그리고 다시 한순간 허공중에 거대한 눈 하나가 생겨났다.

그 거대한 눈은 순식간에 그의 바로 눈앞으로 다가왔다. 날카롭거나 무서운 눈빛은 아니었다.

그러나 온 허공을 다 차지하고서 짓누를 듯이 내려다보는 것만으로도, 그로 하여금 도저히 감당할 길 없는 막막한 공포에 젖게 만드는 눈이었다.

그는 완전히 얼어붙고 말았다.

"엄… 마……!"

그에게 구원자는 엄마뿐이었다. 그러나 애타게 부르는 소리조차 제대로 나오지 않았다.

우르릉~!

아주 가까운 곳에서 천둥이 쳤다. 그러더니,

번~ 쩍!

천지간을 환하게 밝히는 섬광이 일었다. 그리고 바로 그 순간,

치리~ 릿!

한 줄기 엄청난 충격이 그의 정수리로부터 온몸을 그대로 관통해 지나갔다.

엄청난 뜨거움이 한순간 그를 집어삼켰다. 마치 펄펄 끓는 물속에 온몸이 담겨지는 듯했다. 혹은 거대한 불길에 그대로 온몸이 던져진 듯했다. 그것은 고통 이전에 격렬한 충격이었기에, 그는 비명조차 지르지 못하고 그대로 의식의 끈을 놓치고 말았다.

쿠~ 우~ 웅!

그는 먼 곳에서 울리는 무거운 천둥소리를 아스라하게 들으며 문득 정신을 차렸다.

투~ 두두~ 두둑!

차가운 감촉이 얼굴을 때리고 있었다. 뒤이어,

쏴~ 아아!

하는 소리가 들렸다. 빗줄기였다. 비가 거세게 쏟아지고 있었다.

시원했다. 마치 한여름 땡볕에서 뛰어놀다 땀에 흠뻑 젖은 채 개울물에 뛰어들었을 때처럼!

"철민아~!"

희미한 소리가 빗속을 뚫고 들려왔다. 엄마였다.

"엄마~!"

그는 짜낼 수 있는 가장 큰 소리로 외쳤다.

엄마는 근처의 칡넝쿨을 베어 긴 끈을 만들어 아래로 늘어뜨렸고, 그것에 의지하여 비탈을 내려왔다. 그리고 온 힘을 다해 그를 위로 끌어올렸다.

겨우 비탈 위로 올라온 그와 엄마는 진흙 범벅에 기진맥진이 되었다. 엄마는 그를 끌어안고 흐느껴 울었다. 그도 엄마의 품에서 숨죽여 울었다. 크게 잘못한 것 같았다. 엄마를 울게 했다는 것만으로도!

집에 돌아와 그의 몸을 씻기다가, 나뭇가지가 뻗은 것 같기도 하고, 혹은 뱀이나 용이 몸을 비틀어 위로 뻗어 올라가는 형상 같기도 한 이상한 무늬를 발견한 엄마가 어떻게 된 일이냐고 물었다. 그가 벼락을 맞아 생긴 것 같다고 대답하자, 엄마는 질겁했다. 그럴 리 없다고, 잘못한 일도 없는데 절대 그럴 리 없다고!

엄마는 된장을 퍼 와서 정성스럽게 발라주었다. 그 무늬들에 대해 그냥 뜨거운 것에 덴 것쯤으로 여긴 모양이었다. 그리고 엄마는 그 무늬를 누구에게도 보여주지 말라고 무겁게 당부를 했다.

엄마는 혹시 그가 사람들로부터 안 좋은 소리라도 들을까 싶어 지레 걱정을 한 것이리라! 그 시절만 해도 벼락을 맞는다는 것은 단순히 사고를 당하는 것 이상의 의미였다.

하늘의 징벌, 즉 천벌을 받는 것쯤으로 받아들여졌다.

어쨌거나 그의 몸에 생긴 그 무늬는 점점 희미해지더니, 아마도 그 후로 한 2년쯤 흐르자 완전히 사라진 것 같았다.

그리고 그 역시도 그러한 기억을 까맣게 잊어버리고 말았다.

돌연히 안개에 휘감겨 드는 산자락.

좁은 산길 가운데 단단히 똬리를 틀고 있는 까치 독사.

귀를 먹먹하게 만드는 천둥소리.

시커먼 계곡을 꿈틀거리며 기어오르는 거대한 뱀.

먹구름 사이로 쉴 새 없이 번쩍거리는 백색의 섬광들.

그리고 그 속에서 어느 순간 생겨나서는, 온 공간을 점하고서 짓누를 듯이 그를 내려다보는 거대한 눈 하나.

철민이 해마다 엄마의 기일을 즈음해서 꾸어온 악몽의 장면들이었다.

그리하여 마치 일 년에 한 번 받는 선물처럼, 그 거대한 눈을 통해 그는 엄마의 표정 하나하나, 그리고 그 익숙한 냄새까지도 고스란히 되살려내곤 하지 않았는가? 그런데 그러면서도 어떻게 그것이 그가 어릴 때 실제로 경험했던 사실이란 데까지는 연결시키지 못할 수가 있었단 말인가? 마치 그의 무의식 속에 어떤 은밀하고 비밀스러운 장치라도 있어서, 그것과 관련한 기억들을 강력하게 봉인이라도 하고 있었던 것처럼 말이다.

곰곰이 생각해 보니 아마도 당시 벼락의 충격으로 혈관 일부가 터지면서 몸에 그런 무늬가 형성이 된 듯했다.

그러나 그것이 완전히 사라졌다가, 20년도 더 지난 지금에 와서 다시 생겨난 것에 대해서는 어떻게 짐작으로라도 설명해 볼 도리가 없었다.

하긴 설명을 할 수 없는 것이 그것뿐만은 아니지 않는가? 슬비와 시거 말이다.

그 이상한 현상들 또한 바로 그때의 사건으로부터 비롯된 것 같으니 말이다.

그리고 그 눈! 아니, 그 눈들!

백색의 섬광 속에서 생겨나 어린 그를 짓누를 듯이 내려다보던 거대한 눈! 지하철역에서 만난 백발 노인의 이마 한가운데 나타났던 또 하나의 눈! 마지막으로 호리암에서 본, 동판 한가운데 홀연히 나타났던 눈!

그 세 개의 눈에 대해서는 또 어떻게 설명을 할 것인가?

『완빤치』 4권에 계속…